陳長慶 著

了尾仔囝

金門扛鼎文學名家

陳長慶最新長篇小說

與時光競走

寫在《了尾仔囝》出版之前

從炎陽高照的盛夏，到滿地金黃的深秋，我親眼目睹門外木棉花絮紛飛，又見它落葉隨風飄零。歷經生命中的風霜雨雪，默數著百餘個日夜晨昏，終於把《了尾仔囝》這部十萬言的長篇小說寫就，並以一顆誠摯與謙卑之心，把它呈現在讀者們的面前，虛心地接受諸君的批評和指教。

不可否認地，隨著兩岸軍事對峙的緩和與兩門對開，隨著大小三通的啟航與社會變遷，金門這塊純淨樸實的土地已與爾時不能同日而語。即使舊有的社會難以獲得年輕一輩的認同，可是對老一輩的鄉親父老來說，他們懷念的仍然是昔日淳樸的民風與傳統的習俗，以及一個安定祥和、知書達理的社會。

然而，自從解嚴與戰地政務終止後，這座純樸的島嶼已徹底地改變，除去「性」和「暴力」不說，若以「騙」字而言，其花招之多委實令人瞠目結舌。諸君不妨想想此生或看看周遭，或多或少誰沒被騙過？像貓仔馬俊這個滿口謊言騙取鄉親小錢，卻被對岸女子放長線釣大魚騙走大錢的了尾仔囝，不管是罪有應得或是咎由自取，他吞下的，不都是現世現報的苦果麼？因此，無論騙人或是被人騙，似乎都能從其中得到警惕。騙人者日後必須嚐到現世報的苦果，被騙者更要記取教訓、提高警覺，萬萬不可再受騙上當，讓那些不肖之徒食髓知味、得隴望蜀。

從出生到現在，無論爾時求學或輟學在家務農，還是之後在太武山谷謀生，抑或是現今蟄居於新市里，歷經六十餘年平淡無奇的人生歲月，我鮮少離開這座島嶼，故而文學創作的領域，幾乎都圍繞著這塊歷經戰火蹂躪過的土地。儘管貓仔馬俊是我筆下塑造出來的人物，但其行為舉止與現實生活非僅有密切的關聯，更是時下社會的反映與真實人生的寫照。類似這種好高騖遠、不務正業、東詐西騙的了尾仔囝，可說不計其數。而喜歡涉足歡場當散財童子，或是尋花問柳被染上性病者更是大有人在。即使這些了尾仔囝為社會製造不少問題，也為家庭增添許多困擾，然並非每個人都能遇到像跛跤膨豬這種用心良苦的父親。他一生勞心勞力始終無怨無悔，妻子跟兵仔跑亦能坦然面對，反而被這個非自己親生骨肉的了尾仔囝折騰了大半生，讓他「氣身」又「惱命」。雖然孩子在他不遺餘力的教誨下終於洗心革面，又有一個賢慧的媳婦與乖巧的孫女讓他感到欣慰，可是每當想起彼時那段悲切的往事，內心仍有許多不堪回首的感傷，想不教他悽然淚下也難啊！

自從小三通開航以來，遊走兩岸的火山孝子，或給姘頭送生活費，或替非親生骨肉送奶粉錢者比比皆是。文中的老枝伯仔不就是一個活生生的例子麼？他外表看來一副道貌岸然的紳士模樣，批評人更是「精霸霸」，而自己卻不思檢討。即使已屆花甲之年，但仗著身邊有幾文錢，在對岸不僅有姘頭竟又去嫖妓。雖然偶而有牛鞭燉中藥讓他補身，可是依然處在「上面有想法，下面沒辦法」的窘境。「食老抑擱毋認老」的老枝伯仔，他是「開戇錢的槌哥」？還是「該己過癮著好」？誰也管不著。而姘頭懷裡那個長得「膨獅獅」的小男孩，是他的骨肉？還是別人播下的種籽由他來收穫？誰也不得而知。因為每當老枝伯仔和她難分難捨、最後不得不揮手說聲莎喲哪啦再見時，只見返鄉的船隻尚在金夏海域裡航行，馬上又有另一個不需靠牛鞭燉中藥補身的壯漢來接班。雖然老枝伯仔隱隱約約地聽到一些風言風語，但管它是一屋二夫或綠雲罩頂，依然樂不可支；甚至還洋洋得意，感到十分光彩。殊不知「提錢去予查某開，又擱去共人湊飼囝」，真是不折不扣的「倥憨膦」啊！

毋庸置疑地，這個社會原本就不完美，世間亦無人格完全或道德學行毫無瑕疵者。可是有些人則自命不凡、善於偽裝，自以為有高人一等的學養，講起話來口沫橫飛、頭頭是道。實際上在這座小小的島嶼，「尻川有幾根毛」大家看得清清楚楚，又何須自鳴清高。倘若貓仔馬俊是現實社會裡的「了尾仔囝」或是俗稱的「烏雞仔仙」，那麼老枝伯仔便是不折不扣的「老不修」和「老風流」。即便我無意對文中的情節或人物重複地加以詮說，然而每當我進入故事中的意境時，內心確實有許多莫名的感慨。甚而為貓仔馬俊和老枝伯仔的無知感到悲哀，更替跛跤膨豬這個「時來運來，討老婆帶個兒子來」的老人家抱屈。

從一九九六年復出到現在，無情的光陰已輾過我無數個日夜晨昏，即使每天與書為伍，時時刻刻不忘筆耕，可是依舊不能好好地把握當下的每一個時光，眼睜睜地看著它從我的指隙間溜走，直到生命中的紅燈亮起，始讓我感到焦急。那時，激昂的情緒久久不能平復，以為不久就要回歸塵土，四十餘年的文學生命亦將劃下句點，屆時，勢必要與我熱愛的文學說再見。故而當拙著《頹廢中的堅持》即將付梓時，我竟以〈後事〉乙文做為代序，我不僅已做好心理上的準備，也同時將四十餘年的創作歷程，做了一個詳明的交代，所以死亡對一個已準備好了的老年人來說並不可怕。因為世間原本就有輪迴，眾生的生與死，不就像車輪般不停地在轉動麼？生的要死，死的會再生，唯一的或許是下一輩子的際遇，不一定跟這輩子相同而已。故此，無論生或死，都是一種自然的現象與不可抗拒的宿命，只是遲早的問題罷了。更何況，當上天對人們做出死亡的宣判時，又有誰能蒙受祂的恩德而獲得豁免呢？可是萬萬沒想到，時隔三年後的現下，竟蒙受老天爺的垂憐與厚愛，要我在人間多看看燦爛的陽光和美麗的夕陽，多體會一下下世道的蒼茫和人情的冷暖，甚至放任我在文學這塊園地裡遨遊，因此才有這本書的問世。

感謝您！親愛的讀者們。

原載二〇一二年三月十三日《金門日報・浯江副刊》

目次

孟子說：「不孝有三，無後為大。」這句話若照一般人的解釋，也就是說不娶妻生子而斷絕後代是最大的不孝。可是它對一生務農的跛跤膨豬而言，似乎並沒有太大的意義。即使他娶過妻亦有子，然而，除了他那個不守婦道的三八某跟兵仔跑外，卻又偏偏養了一個折騰他大半生的了尾仔囝⋯⋯。

第一章

秋陽高高地掛在天際，秋老虎依然在原野上發威，跛跤膨豬鋤去芋頭田裡最後一株生命力頑強的「苦螺根」，便把鋤頭柄靠在胸前，繼而地脫下斗笠當扇，朝臉部輕輕地搧著、搧著。正當他在喘息的當兒，雙眼不經意地停留在遠處那片金黃的麥田上，以及葉藤茂盛的蕃薯地裡。霎時，嘴角掠過一絲滿足的微笑，今年鐵定是一個豐收的好年冬，經年累月的辛勞，總算沒有白費。然而，即使現下不愁吃、不愁穿，但對於自己坎坷的一生，難免亦有些許感傷……。

跛跤膨豬爾時除了家境貧困外，更讓人悲歎的是，他八歲失怙，十七歲失恃，而且身軀亦有明顯的缺陷，走起路來一跛一跛的，也就是俗稱的「長短跤」。故而從小到大、甚至到老，村人和親友幾乎都以「跛跤膨豬」相稱，直呼他楊膨豬本名者反而不多。即使成年後他憑恃著自己堅強的毅力，克服萬難勤以農耕，生活並不匱乏，甚而還略有儲蓄。但如此「跛跤跛搖搖」之缺陷，又有誰家女兒會看上他、願意嫁給他呢？原以為要打一輩子光棍，想不到在三十七歲那年，姻緣終於來到，經遠房表嬸的撮合，娶了一個小他十五歲、卻又曾經和他人發生關係，挺著大肚子嫁來的秋月為妻。

秋月是鄰村狗屎順仔的獨生女，從外表看來不僅豐滿也頗具姿色，但卻因生性較遲鈍，智商遠遠不及同齡女性，故而一直未能找到好婆家。儘管她較「戇直」，但四肢健全，並沒有達到殘障的地步，因此，每年依然得參加民防隊訓練與相關任務，也因為這樣而與村公所那位北貢副村長相當熟悉。然而想不到北貢副村長見其頭腦簡單、善良好欺，竟經常尋機加以挑逗，或說些輕佻的黃色笑話，或伸出他那隻骯髒的鹹豬手吃吃免費豆腐，繼而竟以甜言蜜語誘騙她到防空洞加以姦淫。可是豬哥副村長並非真的愛她或願意娶她為妻，純粹是心存不軌，抱著玩弄的心態。因為他早在幾年前，即已娶了一個「死翁」的寡婦做老婆，而且還有三個拖油瓶，憑他的經濟能力以及那副「鬍鬚」又「貓面」的「土匪」相，又何德何能再享齊人之福。

當豬哥副村長在秋月的肉體嚐到甜頭後，簡直讓他興奮不已。即使秋月有點戇直，有時也會莫名其妙地傻笑，但卻是一個道道地地的黃花大閨女，比起他家那個生了三個孩子的寡婦老婆強上數百倍。雖然他在未退伍之前也經常到軍中樂園買票，無論在台灣本島或金馬外島，玩過的女人可說無數。可是再怎麼想也想不到，這輩子竟能搞到像秋月這個未曾被開苞過的「在室女」，簡直讓他樂歪了。於是，這隻從大陸跟隨著國軍撤退到臺灣，而後輾轉到金門退伍定居在這座島嶼的老豬哥，不僅偷偷地笑著，也暗暗地爽著。

經過一段時間的相處，豬哥副村長更是食髓知味，故此一而再、再而三地把秋月當成他洩慾的工具、玩弄的對象。然而戇直的秋月非僅不懂得拒絕或反抗，每當和副村長繾綣纏綿在一起時，甚至自己生理上亦有興奮的反應，於是就任由其擺佈、需索，而久而久之，終於讓她有了身孕。

當秋月的肚子一天天大起來時，紙再也包不住火，在家人的逼問下，她終於把發生的經過一五一十地說了出來。雖然她的說詞有點反反覆覆或詞不達意，但「大腹肚」的事實已擺在眼前，既然木已成舟，後悔亦已來不及了。

儘管父母聽後氣憤難忍，但生米已煮成熟飯又能奈何？因此秋月大腹肚的事不僅在村子裡掀起巨大的波瀾，豬哥副村長也知道事態的嚴重而心生膽怯。若不趕快處理，一旦被告發而讓上級知道，鐵定會遭到撤職查辦，到時可就吃不了兜著走。故而他趕緊透過各種關係，請出地方仕紳出來斡旋。

雖然秋月的父親狗屎順仔沒讀過什麼書，然則深知這是家醜，一旦把事情鬧大，只有增加名譽上的損傷，對自家並沒有好處。即便女兒遭受性侵氣憤難忍，並曾放話要打死這隻老豬哥，但為了息事寧人，以及不願見到女兒受到二次傷害，只好委曲求全接受和解。由豬哥副村長拿出一筆錢作為遮羞費，始讓這件醜事告一段落。

雖然雙方已達成和解，豬哥副村長也認為事情已擺平，自己應可高枕無憂了，那筆遮羞費就好比到軍樂園買票花掉，算不了什麼。然而舉頭三尺有神明，夜路走多了總會撞見鬼，豬哥副村長姦淫良家婦女的醜事還是被有心人向上級檢舉。那天他心有不甘地來到秋月家門口，一見到狗屎順仔就氣沖牛斗地指著他罵道：

「操你媽的屄！你拿了我的錢，居然又告我一狀，你是不是人啊？老子今天跟你拚了！」說後捲起衣袖，做了一個要打人的手勢。

「使恁老母較好咧，你是什麼意思？」狗屎順仔對這突如其來的挑釁動作感到莫名其妙，竟也不客氣地以粗話還他。

「你這個龜孫子，還裝蒜！」豬哥副村長氣憤地說：「我跟秋月的事，不是已經和解了嗎？你為什麼還告我一狀？」

「你這隻老豬哥，去予鬼操到是毋是？你亂亂講、講啥潲！」狗屎順仔氣憤地說。

「要不是你這個龜孫子去告狀，上級怎麼會知道這件事！」

「你去予鬼操到啦！」狗屎順仔不屑地瞪了他一眼。

「你今天非得給老子講清楚，不是你，會是誰？」

「恁老母較好咧，你擱亂亂講，恁爸著對你無客氣！」狗屎順仔說著，順手推了他一把。

「操你媽的屄，你這個死老百姓，不想活了是不是？竟敢推我！」副村長握緊拳頭順手一揮，想不到竟被狗屎順仔撥開。狗屎順仔又順勢猛力地推了他一把，只見副村長雙腳失去重心，踉踉蹌蹌地退了好幾步，而後竟摔倒在地。

狗屎順仔年紀雖不小，但常年與田為伍，早就練就了一身粗氣大力的矯健身手，而眼前這個看起來雖然魁梧高大，但卻有點「敗腎」模樣的豬哥副村長，豈是他的對手。因此新仇加舊恨如火上身，狗屎順仔咬牙切齒暗中發誓絕不放過他。只見他一個箭步撲上去，緊緊地掐住豬哥副村長的脖子不放，復又狠狠地朝著他的腹部揮了好幾拳，並丟下一句：「你這隻老豬哥，目睭瀰展無金！」

平日趾高氣揚的豬哥副村長，的確低估了形勢，經常憑著一張「死老百姓」與「操你媽」的骯髒嘴來恐嚇老百姓，而此時非僅不管用，甚至其豬哥勁道亦已耗盡，就猶如是一隻敗犬，垂頭喪氣不敢再哼聲。

「你共恁爸聽清楚，毋通看我這個老歲仔無起。你這隻老豬哥毋是我的對手的啦！」狗屎順仔再一次地警告他。

然而豬哥副村長豈能忍下這口氣，無論在軍中當排長，或退伍後經老長官介紹幹上副村長，從沒有受到這種羞辱和暴力。於是愈想愈氣，愈想愈不甘心，雖然自己的力氣不如狗屎順仔，如果想與他空手一搏，絕對佔不了便宜。於是他俯下身，順手撿起一塊小石頭，高聲地罵道：「我操你媽的屄！」而石頭竟和他的罵聲一樣快，不偏不倚正好擊中狗屎順仔的頭部。

只聽狗屎順仔「哎喲」一聲，瞬間鮮血已流了一臉，儘管他用手猛力地摀住傷口，依舊不能止住從他頭上流下的鮮紅血液。面對如此的情景，豬哥副村長「惡人無膽」，竟一時心慌而快速地跑離現場。狗屎順仔快步地走到衛生排，請醫官幫他止血敷藥。當副村長以石頭傷人的事件傳開後，確乎引起村人的公憤，經過層層反映，大官一聲令下，當年介紹他去當副村長的老長官已無能力保住他的官位。姦淫民女又以石頭傷人的案件終於移送法辦，撤職吃牢飯已成定局，絲毫沒有轉圜的餘地，這就是豬哥副村長的下場。

可是不幸而大腹肚的秋月呢？受到法律與醫德的限制，誰敢替她打胎？因此在萬不得已的情況下，狗屎順仔只好接受親友的建議，與其把大腹肚的女兒留在家裡讓人指指點點，還不如儘快地替她找一個男人嫁掉。然而在傳統保守的農村裡，只要是五官端正、心智健康，又有正當職業的年輕人，誰願意娶一個被人玩過卻又大腹肚，復加頭腦簡單又三八的女人回家做老婆？除了有損自家門風外，亦會讓人閒話一輩子。以秋月此時的條件若真想嫁人，除非同是身心缺陷者，或是哈某哈半死的老北貢，要不，還真不容易嫁掉。而狗屎順仔明知自己女兒較戇直，亦不忍心隨隨便便把她嫁給阿貓、阿狗，或被居無定所的北貢兵把她娶走，讓她終身受苦受難。於是經過熱心的親朋好友四處打聽、幫忙物色，終於找上年屆中年而又「無某無猴」的跛跤膨豬。

雖然跛跤膨豬年紀已不小，身軀亦有缺陷，然其他方面與正常人並沒兩樣。即使父母雙亡，但有房有產、有田有地，更是勤於耕作，當下既不愁吃又不愁穿，又有一點儲蓄，一時要他接受一個智能不足、卻又被人搞大肚子的女人來當老婆，內心確實有一番掙扎。但是經過其表嬸一再說項，並以俗諺「不孝有三，無後為大」來開導他。何況不出兩三個月，即可當現成的爸爸，往後除了有老婆有孩子外，又有人幫他洗衣煮飯，這種天大的好事打著燈籠也難找，更是一個千載難逢的大好機會，一旦不好好把握而讓它失去，將來年老時，勢必會成為一個無依無靠的孤單老人。如此之種種，終於讓跛跤膨豬想通、心動，而後點頭答應娶秋月為妻。

當狗屎順仔得知這個消息後，的確興奮不已，秋月能找到這麼一個「妥當」的好歸宿，讓他備感安慰。雖然未來的女婿有點長短跤，而自己女兒的缺陷與他相較的確是有過之而無不及。尤其未婚懷孕，挺著一個大肚子嫁人，讓他這個做父親的顏面也無光，說來真是「見笑死」。如今能蒙受跛跤膨豬不嫌棄，願意成就這門婚事，不得不感謝祖龕裡列祖列宗的保庇。但願日後秋月能與跛跤膨豬和睦相處，過著幸福快樂的日子。即使那隻玩弄她的老豬哥讓他深感痛恨，但腹中的孩子又何辜呢？希望他們夫妻能從今以後不記前嫌、相互包容，同心協力把孩子養育長大、教育成人，讓他成為社會有用之材，這是為人父母者最大的期望，其他又有何求呢？

第二章

跛跤膨豬答應娶秋月為妻的次日，表嬸就主動來幫他整理房間、買新被褥，並請人選了一個宜「嫁娶」的好日子。雖然沒有像一般人結婚時那麼隆重，也不可能殺豬宰羊敬拜天公祖，更不可能以八音樂隊和花轎去迎娶，只因為新娘已大腹便便，不久即將添丁，但腹中的孩子則非新郎的骨肉，只是各取所需勉強撮合成一對而已。儘管如此，表嬸依然擅自替跛跤膨豬作主，備了好幾桌酒菜，並請人來烹飪，宴請外戚與親堂和厝邊，即使場面不大，但卻讓親朋好友和村人沾滿著洋洋喜氣。跛跤膨豬娶某的喜事，亦成為村人茶餘飯後談論的話題，只因為新娘不久即將臨盆，他將成為這個村子裡第一個撿現成的爸爸，內心不知是喜、還是憂？他自己也說不出一個所以然來。

那天上午，充當媒婆的表嬸，雇了一輛「包車」做為禮車，髮上別了一朵象徵喜氣的「桔仔花」，親自到狗屎順仔家裡，把穿著寬鬆紅花衣裙、卻仍然遮掩不住大腹肚的秋月接回家。狗屎順仔說來也真「起工」，雖然秋月有身心上的缺陷，又被那個豬哥副村長搞大肚子，確實讓他顏面盡失，但畢竟是自己的骨肉。她手中載的那枚金戒指，少說也有一錢半；脖子上那條金項鍊，如果沒有六錢以上是打造不起來的；車上那兩個大皮箱，裝的都是新買的布料和新做的衣服，甚至還有十二個「白銀」壓箱。即便不能讓女兒風風光光上花轎，然而其「頭尾」則完全依照傳統的習俗，一樣都沒少。但是，這些錢卻都是從副村長的遮羞費裡頭拿出來的。當狗屎順仔夫婦目睹女兒依依不捨地上車時，內心的確是百感交集，不禁紅了眼眶。天下父母心啊！但願女兒日後能平安、幸福、快樂。

當禮車停在門口、表嬸攙扶著秋月下車時，村人圍觀的人數不亞於大戶人家的婚禮。然而新娘是美是醜並非是他們關注的焦點，他們的目光完完全全投射在她隆起的腹部，有人說是六、七個月，有人說是八、九個月，甚至有人預言不出二個月就會生。但這只不過是那些等著看笑話的人們的臆測而已，他們又不是產婆或註生娘娘。可是當跛跤膨豬與秋月四目相對時，儘管僅只會心地一笑，但似乎能從他們的表情中，感受到一份難以用語言表達的喜悅。拋開雙方各自的缺陷不說，倘若從外貌而言，跛跤膨豬頭大面四方，闊嘴又大耳，是福相。雖然皮膚黝黑，顯得比實際年齡還「臭老」，然何嘗不是他勤於農耕的象徵。而小他十五歲的秋月，若從她姣好的面龐，復又略施脂粉、穿上新衣，只要不開口說話，誰能看出她有智能方面的缺陷？如果不是挺著大肚子而來，還真是一個人人讚美的新娘子呢。

兩人在表嬸的引領下，以開水代酒向諸至親好友致意。諸親友們似乎亦有同感，不管秋月能為這個家貢獻什麼，或付出多少力量，至少跛跤膨豬往後將有一個伴。一旦孩子誕生，雖非他的親骨肉，但必能為這個家帶來無窮的歡樂氣氛。尤其秋月還年輕，跛跤膨豬正值壯年，假以時日，必能為這個原本人丁單薄的家庭，添上幾個白白胖胖的小壯丁，好延續他們家的香煙。

秋月進門後，跛跤膨豬更加地勤奮，每天幾乎都為田裡的工作而忙碌，真正做到日出而作、日入而息。原以為秋月可作為他得力的好幫手，即使因大腹肚不能跟他一起上山下海，但洗衣、煮飯、做家事總不成問題吧。可是不知是否有孕在身的緣故，還是與她本身的智能有關，明明是二十餘歲的成年人，凡事則不能主動。每天懶洋洋地，什麼事也不想做，竟連三餐也必須等他拖著疲憊的身軀從山上回家後再煮；收拾幾副碗筷也是慢吞吞地，要人再三地催促；衣服更是堆滿整個床頭，整間屋子可說搞得亂七八糟，還要勞跛跤膨豬抽空來整理。一旦跛跤膨豬糾正她，理由更是一大堆，「應喙應舌」比正常人還要精光、還要大聲。凡此，似乎是跛跤膨豬意想不到的事，並非如表嬸當初所說的那樣，能幫他洗衣、煮飯、做家事……等等。和這種人生活在一起，簡直沒有他單身時的自若，難道是前生欠她的？還是注定要和她共度一生？早知如此，何必當初，現在想後悔已來不及了，只有認命。

不出村人所料，秋月終於在入門的第五十二天生下一個小壯丁，跛跤膨豬不知是喜還是憂，內心可說是五味雜陳。新婚的那一晚，秋月就對跛跤膨豬提出警告。她對他說：

「我阿母有交代，我的腹肚赫爾大，你獪使佮我相好的。萬一腹肚內的囝仔予你壓死，彼個毋是滾笑的。」

當然，跛跤膨豬能體會到丈母娘的苦心，即使他有成年男性的性需求，但誠如秋月所說，萬一她肚子裡的孩子被壓死，那可不是開玩笑的，因此他始終不敢越雷池一步，更何況三十幾年都忍受過去了，再忍個幾個月對他來說並非難事。故此，儘管兩人同睡一張床，但五十餘天來，他未曾和秋月燕好過。如今孩子已經生了，待滿月後母體調養好，夫妻即可享受魚水之歡，他衷心地期待著這一天的來臨，只因為他擁有一個正常男人的性心理。

然而，這段時間卻是跛跤膨豬最難熬的時刻，既要上山耕作，又要服侍做月子的秋月。從為她燉補品，到服侍她進餐；從幫她洗褻衣，到替孩子洗尿布，他未曾假手他人。秋月除了哺乳外，其他事務一概由他來包辦，他既要扮演正職的丈夫和農夫，又要客串煮夫和洗衣夫，簡直讓他這個「撿現成」的父親忙得團團轉，甚至有難以招架之感。

於此，他是否歡喜做、甘願受呢？還是心中有太多的怨尤和無奈？抑或是怪表嬸多事而成全這門錯誤的婚姻？或許，一切只有他心裡最清楚。倘若要怪，也得怪自己沒好好地考慮而貿然答應，才會形成今天這種局面，豈能抹煞表嬸的一番好意而遷怒於她。果真有這種想法，非僅是為人處世的態度，也是相當不厚道的。即使跛跤膨豬讀書不多，但對於這些箇中道理卻也略知一二。

坦白說，當秋月挺著大肚子嫁到這個保守的小農村時，已是村人茶餘飯後談論與取笑的焦點，復加這個孽種的誕生，更是讓一些大舌頭的婆婆媽媽「相笑笑無份」。即使很多人都認為跛跤膨豬「毋值濟」，娶到這款予人用過的「茌懶查某」，可是他始終不認為，一切歸咎於命運。孩子彌月那天，他請人煮「油飯」分送厝邊和少數來為秋月「做月內」的至親。狗屎順仔也買了一付腰花，一瓶麻油，以及一隻自家餵養的雞，並把一小張紅紙放在「吊籃仔內」增添喜氣，由狗屎嬸仔提著，專程來為女兒做月子。當她看到躺在秋月身旁的「戇孫」時，的確難掩做阿嬤的喜悅。

「阿母，我有聽妳的話，妳看，嬰仔生了真可愛，攏無予跛跤膨豬壓著啦。」秋月告訴她說。

「平安著好啦。」狗屎嬸仔淡淡地說。

「阿母，我啥物時陣才會使佮膨豬相好？」秋月天真地問。

「三八囡仔，」狗屎嬸仔白了她一眼，「滿月過後啦。」

「滿月過後。」秋月重複母親的語氣，而後點點頭，傻傻地笑笑。她笑的是什麼呢？當然是滿月過後的春宵夜。

「有共嬰仔號名無？」狗屎嬸仔問。

「有啦，膨豬伊講嬰仔相馬，擱生了真得人疼，以後就叫伊馬俊好啦。」秋月說。

「號這個名𣍐歹聽啦。」狗屎嬸仔肯定地說。

「應該比阮阿爸狗屎順仔較好聽。」秋月笑著說。

「阿母來去灶跤燉雞予妳吃。」狗屎嬸仔說後，緩緩地移動腳步。

然而當母親走出房門後，「滿月過後」這句話浮現在秋月的腦海裡時，突然間，竟讓她想起與副村長在防空洞親密的那檔事。

那天，趁著四處無人時，副村長把她拖進漆黑的防空洞裡，即使她不斷地說不要不要，並想跑出來。可是副村長已把她強壓在地上，而且快速地脫去她的褲子，復又伸手撫摸她的胸部，在極端難忍的同時，她已完全癱瘓在地。即便內心有無限的恐懼，亦只有任其擺佈。

「對，就是這樣，不要亂動。」副村長邊說邊脫去自己的褲子，而後一翻身，整個身軀就重重地壓在她的身上，並附在她的耳旁，輕聲細語地對她說：「秋月，乖，把腿張開一點……。」

而頭腦簡單的秋月不疑有他，就在她張開雙腿的那一刻，副村長那話兒已順勢進入她的體內。秋月緊閉著雙眼，忍受初次交媾時的痛楚，可是竟然沒有出聲，也沒有掙扎，更沒有反抗，不一會，雙手反而抱住副村長的腰部不放。這個智能不足的善良女子，就這樣被糟蹋了。是禁不起老豬哥的挑逗和誘拐？還是不懂得珍惜寶貴的處女之身？無論是基於什麼，吃虧的總是她自己。然而，她並不懂得這些道理，只感到交媾時生理上有興奮的反應。難道這就是她詢問母親「啥物時陣才會使佮膨豬相好」的原委。不錯，雖然她身心有缺陷，但畢竟是人，是一個成年女性，勢必有她生理上的需求。豬馬牛羊都有發情期，何況是萬物之靈的人類，於此，秋月詢問母親的事，並不值得大驚小怪。

第三章

儘管跛跤膨豬一生勞碌又歹命，但卻也平平安安地過了三十餘年的人生歲月。即使沒有大富大貴，然則安貧樂道，不僅勤於農耕，與村人相處和睦，從未有任何的紛爭，待人更是彬彬有禮，故而村人除了對他另眼相看外，更是關懷有加。如此之人，理應受到蒼天特別的關照才對，想不到秋月竟成為他此生最大的累贅。

秋月身心有缺陷不打緊，但好手好腳則好吃懶做，既「貧憚」又「荏懶」；頭腦簡單卻又強詞奪理，既「狡怪」又「烏肚番」，認真說來這些才是跛跤膨豬自歎歹命之處。或許，「這世人」要跟誰吃飯，似乎是「註好好」的，誰也抗拒不了；既是如此，又豈可「恨天」又「怨地」。因而，跛跤膨豬只好「認命」，只有「吞忍」。可是有時在忍無可忍、情緒激動時，竟也口無遮攔，經常以粗話和重話相向。即使他鮮少在村人面前說粗話，也不願讓人家說他「開喙操操叫」，但之於會如此，純粹是一種情緒上的發洩和迫於現實的無奈。他何曾願意如此，更不會以「口頭禪」這個華麗的語詞，來掩飾自己鹵莽暴躁的行為。

清明節過後，也是農家忙於播種的季節。跛跤膨豬一早就挑著一擔牛糞土上山，並熟練地潑灑在田裡作肥料，準備種花生。復又匆匆忙忙地挖了一擔番薯挑回家，然後煮了一鍋番薯糜，並以豆豉和菜脯以及煮熟的花生當佐餐。如此之早餐，也是農家普遍的現象。除非是有錢人家，才有白米糜配油食粿和豆腐乳可吃。當剛起床的秋月看到桌上的番薯糜和菜脯時，就怒指著他說：

「你真無良心，逐日攏予我食番薯糜配菜脯！」

「有人煮予妳食，妳著謝天謝地啦！有啥物好嫌的？」跛跤膨豬頂著她說。

「嫁你這個跛跤翁，誠衰！」秋月不屑地說。

「衰的是我，毋是妳啦！」跛跤膨豬毫不客氣地，「我這世人衰潲才會娶著妳這個荏懶查某。有本事妳煮予我食看覓？」

「煮予你食？」秋月瞪了他一眼，「你這世人免數想啦！」

「娶到妳這個荏懶又擱予人創過的猜查某，算我衰𤺪啦！」跛跤膨豬竟氣憤地翻起舊帳來。

「我爽咧，」秋月不甘示弱，「你今仔曰後悔已經𣍐赴啦！北仔𪆵鳥較大支，爽是我咧爽咧！你有欣羨無？」

「我生目瞯毋捌看著一個猜查某赫爾𣍐見笑的！」跛跤膨豬挖苦她說。

「你擱講一句，你擱講一句看覓？」秋月警告他說：「有種你擱講一句？我若無共這鍋粥倒予豬食，我王秋月佮你跛跤膨豬仝姓！」

「恁爸無彼個閒工佮妳講赫五四三的，妳王秋月目𪹚共我展予金，若擱假猜，恁爸著共妳趕出去！」跛跤膨豬氣憤地轉身就走，並丟下一句：「恁祖嬤較好咧！」

「你講啥物？你講啥物？」秋月快步向前攔住他的去路，「你擱講一遍予我聽看覓？」

跛跤膨豬沒有理會她，逕自走開。

「跛跤膨豬，你共我聽予清楚，」秋月竟對著他的背後，咆哮著，「今仔日是我王秋月衰𤺪，才會嫁你這個跛跤翁，你知影無？」

跛跤膨豬不再理會她，逕自往前走，而走了幾步之後，竟高聲地罵著：「王仔秋月，恁祖嬤較好咧！」

平日鮮少說粗話的跛跤膨豬，確實已忍無可忍，才會以粗暴的語言與自己的老婆相向。在他的想法裡，原以為頭腦戇直行為又有瑕疵的秋月，能體會他當初願意娶她的原委，跟著他「戇戇仔食、戇戇仔做」，成為他農耕最有力的好幫手。可是再怎麼想也想不到，她不僅不懂得珍惜，竟把自己無知的過去，當成是一種光榮的印記。而且口無遮攔，出口成髒，這些都不是一個女人該有的行為，確實讓他感到痛心。即使一般人認為她有智障，可是說起話或吵起架來則「精霸霸」，她到底存的是什麼心，委實讓他想也想不透。

然而跛跤膨豬也必須自我檢討，既然不記前嫌，願意娶一個身心有缺陷，卻又未婚與人發生關係而大腹肚的女子為妻，必有自己的想法和意圖。按理說應該相互包容，相互體諒，豈能再翻舊帳來刺激她。能夠結成夫妻，何嘗不是前世今生修來的正果與緣分呢。或許秋月尚年輕，假以時日，當她的思想較成熟時，一定會有重大的改變，往後夫妻必能和睦相處，同心協力把無辜的馬俊撫養長大。更何況，一個長短跤的中年瘸子，能成家已屬不易，又能計較什麼呢？

時光在孩子的成長與跛跤膨豬的蒼老中逐漸地逝去，秋月好吃懶做依然如故，無形中習慣也就成了自然，跛跤膨豬更懶得去管她，就讓她「妝婧婧，食肥肥」到兵仔營跟那些準備反攻大陸的北貢兵開講吧。可是田裡粗重的工作，並非是一個中年人長年負荷得了的，而且跛跤膨豬體力也不斷地衰退。他不冀求什麼，只期望拖著疲憊的身軀從山上回來後，能有人備好飯菜等他回家吃，不必為三餐而煩惱傷神。然而這個小小的願望對他來說竟是一種奢求，村人看在眼裡也為他抱屈。

「膨豬仔，你毋通共秋月這個查某倖歹去啦！衫毋洗，粥毋煮，厝內毋摒掃，大細項事志攏著你這雙手，一日佮赫兵仔膏膏纏，欲成啥物體統！」堂嬸實在看不過去，數落他說。

「嬸仔，娶著這種茌懶查某，我實在真怨歎啦。」跛跤膨豬無奈地說。

「你看，從秋月入門，你做牛做馬佇拖磨，該已無生半個，替別人咧飼囝，認真講起來，你跛跤膨豬誠毋值！」堂嬸不平地說。

「我實在想膾到秋月仔是這種欲食毋振動的茌懶查某，」跛跤膨豬內心有無限的感慨，「算起來我誠衰，飼一個茌懶某，又擱替別人咧飼囝，世間上無人比我擱較衰的。」

「命啦，命啦，啥物攏是命啦！」堂嬸搖搖頭感歎著，「馬俊這個囝仔看起來誠精光，你一定著好好共伊教示，千萬毋通倖伊。俗語話講：『倖豬夯灶，倖囝不孝』，將來大漢若是有孝，你拖磨一世人著有價值；若是不孝，就怪你該己的命啦！」

「嬸仔，感謝妳的提醒，我會記得妳講的每一句話。」跛跤膨豬由衷的感謝著。

堂嬸說得沒有錯，馬俊這個孩子確實是很精光，或許遺傳到北貢副村長的基因，而不是戇直的秋月。至於是精是戇，與跛跤膨豬是毫無關係的。即使兩人結婚已多年，馬俊亦已上小學，秋月又年輕，他雖然忙於農事和家事，但並沒有失去性功能，尤其是成天好吃懶做的秋月，對於性的需求，更是需索無度，長年勞累不堪的跛跤膨豬，豈是她的對手。然而，不知是何種因素使然，從生下馬俊滿月過後到現在，儘管性交頻繁，兩人就是沒有生下一男半女。此時的跛跤膨豬，到底是為誰辛苦為誰忙？難怪他有「替別人飼囝」的淒然感歎。

馬俊這個孩子，可說是既聰明又伶俐，在學校的功課更是名列前茅，並當選為班長，頗有領導的天份，經常呼朋引伴集聚在一起玩耍，儼若是一個小阿哥。即使生性荏懶的秋月從不去管他，但跛跤膨豬還是幫他梳洗得乾乾淨淨、穿得整整齊齊，讓他體體面面地去上學，甚至把未來的希望完完全全地寄託在他的身上。雖非是自己的親骨肉，但冥冥之中，彷彿是老天爺的安排，何況在這個世界上，具有養父養子關係者也大有人在。既然秋月不能替他生下一男半女，他只好認命。倘若將來馬俊長大後能與他同心，懂得感恩圖報和孝順，與自己的親骨肉又有何兩樣？反之，又能奈何？故而，只要馬俊一開口，無論是買新衣、買新鞋、買文具，或索取零用錢，跛跤膨豬從不吝嗇，幾乎到了有求必應的地步，亦可說是「倖了無款」，似乎早已忘了堂嬸「倖豬夯灶，倖囝不孝」這句忠言。

逐漸地，馬俊隨著年齡的增長，胃口也愈來愈大。讀中學時為了鞏固他小阿哥的領導地位，更是揮霍無度，而且功課一落千丈，近乎滿江紅。也因為正值青春期，臉上長滿著許許多多大小不一的青春痘，就猶如麻子般地散佈在整個面龐。於是同學幫他起了一個綽號叫「貓仔馬俊」，和梁山伯與祝英台戲裡的馬文才同名。起初他非僅不能接受，一旦有人叫他，先罵再以暴力討回公道。然而他在學校已是一個出了名的問題學生，除了功課不好外，和同學打架更如家常便飯。在一傳十、十傳百的形勢下，「貓仔馬俊」這個名字簡直銳不可當；上至老師，下至同學，幾乎沒人不知道貓仔馬俊這號人物。而可憐跛跤膨豬，以為孩子已長大並讀了中學，好命的日子不久即將來到，萬萬想不到此時才是他噩夢的開始。

第一次月考過後，貓仔馬俊的班導師帶著成績單來家庭訪問。跛跤膨豬因上山工作尚未回家，由他的母親秋月接待。當老師自我介紹後，秋月竟說：

「你著是阮馬俊的先生喔，阮馬俊讀冊誠認真，分數單誠濟攏嘛是紅字。先生，你教書教了實在有夠厲害的。」

當老師聽到秋月如此說時，整張臉幾乎綠了一半，明明是在挖苦他嘛！

「阮馬俊細漢的時陣著誠乖擱真巧，讀小學時，年年攏是頭一名。伊會赫爾巧是有原因的啦。我偷共你講哦，伊毋是跛跤膨豬的種，是我佮副村長生的，是泡種仔囝啦，所以才會赫精光。你毋通共人講喔。」

老師雙眼凝視著她，左思右想總是想不透面前這位學生家長，怎麼會莫名其妙地告訴他這些呢？而這些又是什麼意思？的確讓他滿頭霧水。莫非她、莫非她是俗稱的三八，還是精神上有問題？幸好跛跤膨豬適時從山上回來，她始逕行走開。經過禮貌性的寒暄後，老師終於言歸正傳。

「楊先生，馬俊這個孩子確實是很聰明，可是卻不用功。這次月考除了歷史外，全部不及格，再這樣下去可能會留級。」老師說後，把成績單遞給他。然而儘管跛跤膨豬識字不多，但卻能從其成績單上的數字和顏色，分辯出他的成績及格與否。

「先生，講起來實在真見笑，我是一個毋捌字的作穡人，阮家內頭殼又擱無啥物精光，這個囝仔雖然誠巧，但是欠教示。讀小學的時陣成績𣍐歹，可惜毋捌想，中學才會讀咯離離落落。」跛跤膨豬毫不避諱地說。

「馬俊除了功課不好外，也經常在學校惹事生非，這點請你多注意一下。如果不知收斂而擴大事端，萬一被學校退學或開除，那就不好了。」老師提醒他說。

「認真講起來，這個囝仔的本質𣍐歹，可能是交著歹朋友才會變款。我一定也好好約束伊，請先生放心。若是佇學堂，就請先生多多幫忙管教。」

馬俊放學回家後，秋月一見到他就說：

「今仔日恁先生來咱兜，我共伊講你讀冊有夠厲害，分數單誠濟攏嘛是紅字。」

「阿母，妳毋捌字擱家婆，我讀冊的事志毋免妳管啦！」貓仔馬俊不屑地說。

「讀冊著認真啦！」跛跤膨豬怒斥著，「一張分數單攏總是紅字，我誠替你見笑喔！」

「這種事志𣍐使怪我的啦！我嘛有認真咧讀。但是先生考卷出了真奇怪，我讀過的，伊毋出；我讀無著的所在，伊偏偏出規大張。阿爸，你講看覓，出這種題目的先生，伊頭殼有歹去無？」貓仔馬俊解釋著說。

「頭殼歹去的人毋是先生、是你啦！」跛跤膨豬氣憤而高聲地，「好的毋學，冊擱毋認真讀，數想做大哥、抾死黨，世間無這款事志啦！」

「你這個夭壽𫝛好的跛跤膨豬，你咧大聲啥物？馬俊是我的心肝囝，你知影無？」一旁的秋月竟罵起他來。

「囝兒若毋教示，會害死伊啦！」跛跤膨豬依然大聲地。

「憑你跛跤膨豬，毋捌字兼無衛生，會教囝？我才毋信！」秋月挖苦他說。

「恁老母較好咧，若無恁這對母仔囝，恁爸這世人𫝛赫爾歹命啦！」跛跤膨豬心有不甘地瞪了她一眼。

「跛跤膨豬，你共我聽予好，阮囝馬俊若予蠓仔叮到，你著無好日子通過！」秋月警告他說，「你若毋信，共恁祖嬤試看覓！」

跛跤膨豬沒理會她，逕自走向一旁，心中則暗罵著：「欠人操的猶查某！」

「阿母，妳毋通氣歹心命，嘛毋通佮阿爸相罵。其實阿爸講得嘛有道理，伊是為我好啦。」貓仔馬俊安撫她說。

「若無阿母通予你做靠山，你毋知啥物時陣會予這隻跛跤老猴活活打死！」秋月咬牙切齒地說。

「𠢕啦，𠢕赫爾嚴重啦！講實在的，阿爸每日攏佇田內咧拍拚，倒來厝擱著煮粥予咱食，又擱著共咱洗衫褲，實在誠艱苦。」貓仔馬俊看看她，竟大膽地說：「認真講起來，阿母妳上好命，一日閒閒無事志妝媠媠，又擱定定走去碉堡揣赫兵仔開講，實在誠好命！」

「嫁著這隻跛跤老猴，有啥物好命的！無管床頭床尾、人才錢財，伊比𠢕著副連長佮副村長啦！」

「阿母，定定聽妳講起副村長，伊是啥物人？」貓仔馬俊好奇地問。

「無啦，無啦，想到講到，講歡喜的啦！」秋月發覺口誤，趕緊轉變話題說。

跛跤膨豬隱隱約約地聽完他們的談話，暗中罵了一聲：「𠢕見笑的臭查某，恁娘較好咧！」

第四章

為了交出好成績，貓仔馬俊並非認真聽課或用功讀書來爭取，而是試圖以作弊來獲得。當其不當的行為被監考老師發覺時，他非僅不承認自己的過錯，反而以粗暴的語言辱罵老師，並當著同學的面高聲咆哮，威脅老師要小心。訓導處找出他之前打架滋事的案底，復加上此次作弊又辱罵老師等重大情節，被記兩大過後勒令退學。即使跛跤膨豬早已料到會有今天，但面對這個不爭氣的了尾仔囝又能奈何？

「我早著共你講過，著認真讀冊將來才有前途。你今仔日會無冊通讀，是你該己造成的，毋通怨別人。」跛跤膨豬感傷地說。

「退學就退學，無啥物大不了的事志，我老早著無想欲讀啦！該己若拍拚，無讀冊照常趁大錢。」貓仔馬俊豁然地說。

「有志氣！」跛跤膨豬不屑地挖苦他說：「將來這個鄉里就看你啦！」

「我獪予恁漏氣啦！」貓仔馬俊信心十足地說。

「明仔日起，你綴我來去山作穡。」跛跤膨豬看看他說。

「綴你去山作穡？」貓仔馬俊重複他的語氣，而後冷笑了一聲，「阿爸，我是中學生、毋是青暝牛呢，叫我綴你去山作穡，敢獪傷離譜？」

「靠三字中學生，敢食會飽？」跛跤膨豬反問。

「你放心，我會去揣頭路，獪佇厝內食死粥啦。」

「恁爸共你看出出的！」跛跤膨豬不屑地。

「阿爸，你毋通看我無通起，毋免擱一年半載，咱鄉里的天下，著看我楊馬俊啦。」

「臭彈無犯法啦！毋通規身軀死了了，賰彼支喙抑未死。」

「毋佮你講啦！」貓仔馬俊不耐煩地，「佮恁這老歲仔講話，實在連工煞了；若是擱講落去，無氣死嘛氣半命。」

對於貓仔馬俊種種不當的行為，即使跛跤膨豬有心要予以糾正和管教，冀望他能步上正軌，但有點神經質的秋月卻經常橫加阻撓，甚至動不動就大吵大鬧，說些不入流的話，除了讓村人看笑話外，跛跤膨豬又能奈何？尤其經常以「伊毋是你生的，你就拍伊、罵伊，共伊苦毒。」更讓他難以接受。

「跛跤膨豬，你共我聽予好，我王秋月今年才四十出頭歲，你已經欲六十啦，無伊法啦！有一日你若予恁祖嬤𡢃爽，我著佮馬俊搬出去，予你這隻跛跤老猴無依無倚，做一個孤單老人。」秋月警告他說。

「恁出去，恁緊搬出去！恁爸無咧稀罕！」跛跤膨豬激動地，「若毋是受到恁母仔囝的拖累，恁爸這世人會擱較快活，無咧數想恁來飼我啦！」

「講有定無？」秋月指著他問。

「若憑恁母仔囝這種跤數，只要行出我楊家大門，若無枵死，也會去做乞食！」跛跤膨豬不屑地說。

「大不了我共馬俊送還副村長，憑我秋月仔這種範勢，若是欲擱嫁、毋免驚無人欲。」秋月得意地，「我共你講實話啦，營部連彼個副連長真佮意我，伊講我若是欲佮伊相好，伊欲帶我去台灣食蓬萊米、食香蕉、食鳳梨，會予我快活一世人，比嫁你這個跛跤翁好萬百倍。若是有一日我綴伊去台灣食蓬萊米，你毋通怪我哦。」

「我會祝福妳，一定𣍐怪妳。講實在的，若是誠實欲綴彼個副連長去台灣，親像妳這款貨色，穩當予人賣去妓女戶趁食。秋月啊，睏罔睏，毋通陷眠較無蠓啦！」復又說：「妳敢毋知影，較早佮妳相好的彼個副村長，已經去蘇州賣鴨卵啦？」

「啥物，你講副村長已經死去啦？」秋月訝異地問。

「妳敢有想欲去哭苦？抑是欲叫馬俊去共伊舉幡仔、做孝男？」跛跤膨豬諷刺她說。

「你去死啦，夭壽填海！」秋月瞪了他一眼，「你想看覓，我嫁你十外年，佮你睏幾千暝，予你創幾落百遍，結果我的腹肚還是空空無半項。跛跤膨豬啊，是你不中用，毋是我王秋月𣍐生。若毋是彼年副村長共我拖去防空洞，你今仔日敢有通做便老爸？跛跤膨豬啊，你著感謝伊啦！我今仔日老老實實、坦坦白白共你講，副村長對我來講已經無稀罕啦！營部連彼個副連長，比副村長擱較少年，擱較有力，功夫擱較好。伊碉堡內彼張眠床，鋪蓆擱鋪毯仔，倒落去攏嘛無想欲起來，佮伊睏做夥，實在有夠爽的。」

經過秋月如此地一說，跛跤膨豬竟一時無言以對。久久，始搖搖頭喃喃自語地說：「查某若𣍐見笑，啥物潲攏嘛講會出喙，娶到這種查某，這世人注定會衰潲啦！」

然而衰潲歸衰潲，真正衰潲的事情終於發生了，秋月竟真的跑了，目的地當然是台灣，可是她並沒有把貓仔馬俊一起帶走。而安排她走的以及幫她打理一切的，絕對是營部連那個副連長。村人再怎麼思、怎麼想，也想不到一個既花螺又擱三八的狷查某，竟還有人要，竟還有人來誘拐她、騙走她。歸根究底，這種戇直的查某較好騙，她貪圖的是一時的享受，不懂得羞恥為何物。從她念念不忘那個曾經與她相好過的副村長，從她公然地誇讚副連長少年、有力、功夫擱好，即可看出端倪。而一個長年離鄉的老北貢，卻又置身在枯燥乏味的軍營，在成家心切與身心寂寞的使然下，只要有女人和他溫存就好，管它是神經或三八，管它是美麗或醜陋，管它是不是有夫之婦或是良家婦女，能騙就騙，能拐就拐，先把她騙走拐跑再說。

可是秋月到底是怎麼走的呢？憑一個副連長就能把她帶走麼？在以軍領政與戒嚴軍管之下，想必其背後有高人指點、亦有大官撐腰。縱使跛跤膨豬已看透這個狷查某，根本不想要她，甚至心中很坦然，走就走吧，沒有什麼可惋惜的，未來沒有這個三八婆擾亂，他的生活反而會過得更清靜、更愜意。但好心的村人還是透過各種管道四處打聽，看看是否能把她找回來，讓跛跤膨豬和孩子有一個完整的家。甚而也必須讓軍方知道此事，把那個誘拐人家老婆的副連長繩之以法，如此，才有公理。然而村人是白費工夫了，在官官相護與軍方不願擴大事端的使然下，始終沒有任何的結果。從此之後，跛跤膨豬沒有老婆了，貓仔馬俊沒有阿母了，部隊也移防到台灣了，凡此種種都是不爭的事實，跛跤膨豬想不衰潲也難啊！

儘管跛跤膨豬對娶到這種三八、烏肚番、卻又讓人搞大肚子才來嫁給他的老婆感到衰潲，結婚多年更是吵吵鬧鬧沒有一天安寧，可是每到夜晚，總算還能享受夫妻間的魚水之歡，讓他壓抑的性慾有發洩的管道。如今秋月跟兵仔跑了，即使耳根清淨不再受氣，但他還是覺得有老婆比沒有老婆好，難怪副連長要把秋月拐跑。然而，其親友則有不一樣的看法，像秋月這種好吃懶做的「荏懶查某」，只會拖累跛跤膨豬，與其留在身邊受氣，還不如就此做一個了斷。而副連長的目睭確實「去予蛚仔肉糊著」，跟秋月這種女人生活在一起，絕對沒有好日子過。唯一的好處，或許是不必再到軍樂園買票解決性事，其他，卻是一無是處。反觀跛跤膨豬，雖然是徹底地解脫了，但是，他不知要花費多少心血，才能把馬俊這個孩子撫養長大、教育成人。

秋月剛跟副連長跑時，跛跤膨豬委實難以接受，他之所以會如此，終歸一句話是感到「見笑」。在他單純的想法裡，或許，世間沒有比老婆跟人跑更齷齪的事了。倒是貓仔馬俊一副無所謂的樣子，甚至不斷地安撫他說：

「阿爸，阿母綴人走就走，從今仔日起，我𣍐擱認伊做老母。這種放翁放囝綴兵仔走的查某，毋值的咱尊敬佮數念啦！」貓仔馬俊說。

「你講的無毋著，伊綴人走、走伊的，咱粥照食、穡照作。無這個猶查某，咱會擱較快活！」跛跤膨豬雖然這麼說，內心還是有無限的感慨，「馬俊啊，你著好好記的，你已經是一個無母的囝仔啦，今後著聽我的話，著認真搰力去拍拚，才𣍐予人看衰潲！」

「阿爸，你這話我聽誠濟遍啦，我共你保證，這世人𣍐予你漏氣啦！」貓仔馬俊依然信心十足地說。

然而，貓仔馬俊被學校退學後，又面臨母親跟人跑的窘境，是否真能「認真搰力去拍拚」，還是把跛跤膨豬的話當成耳邊風？誠然，社會是一個大染缸，但事在人為，俗話說：「浪子回頭金不換」，貓仔馬俊如果能記取教訓、徹底醒悟，必可如他所言，𣍐予跛跤膨豬漏氣。倘若我行我素、不知悔改，依然遊手好閒、不務正業，在外惹事生非，勢必會讓跛跤膨豬感到失望和痛心。

在求職無門與四處碰壁之下，貓仔馬俊終於不得不以中學生之姿，到一家汽車修理廠當學徒。雖然每月只有幾百塊零用錢，但能學得一技之長，往後不愁沒飯吃。俗諺云：「賜子千金，不如教子一藝」，跛跤膨豬更是樂觀其成。彼時無論那一種行業，學徒必須三年四個月始能出師。而初入師門，大部分都是打打雜，或做些較粗重的工作，抑或是讓師傅大聲小聲呼來喚去，根本學不到什麼技藝。就以修車廠來說，即使入門已有一段時間，但也只不過是卸卸車輪、補補輪胎，或幫師傅拿拿零件，做些簡單粗重的工作。引擎蓋裡繁雜的構造，非僅不能讓他們擅自動手，甚至其名稱、構造、用途……等等，師傅也不會在短時間內輕易地傳授給他們，徒弟們只好站在旁邊看，豈敢任意地問一聲或擅自地動一下。

對於這種枯燥乏味、滿身油垢的修車學徒，自認為不得了的中學生、卻又未曾吃過苦的貓仔馬俊，豈能做得下去。在他的想像中，以為修理車就像開車那麼簡單，殊不知一位老練的司機，只能排除簡單的故障，並不一定是一位修車能手。故而，要瞭解一部車子的性能，或檢查出一部車子的毛病，除了長久的摸索與經驗的累積外，並非在短時間即可練就的。公子哥兒型的貓仔馬俊，焉能有如此的能耐，願意屈就被稱為是黑手的修車學徒。

「阿爸，我這個中學生，實在無適合做黑手。規身軀油垃垃無打緊，逐日鼻赫油煙味，鼻過後攏嘛欲吐仔欲吐，我看鼻久一定會破病。阿爸，我毋擱去修理廠學師仔啦！」貓仔馬俊告訴父親說。

「少年人做事志，毋通虎頭鳥鼠尾。」跛跤膨豬不認同地說。

「阿爸，你安心啦，我會擱去揣別項頭路。」貓仔馬俊說後笑笑，復以國話輕鬆地說：「留得青山在，不怕沒柴燒！」

跛跤膨豬搖搖頭，微歎了一口氣，並沒有多加理會，對這個孩子，似乎也不敢寄予厚望。離開修理廠，貓仔馬俊四處遊蕩了好些日子，竟又突發其想。

「阿爸，我決定欲來去做小工、學做土水。」貓仔馬俊依然信心十足地告訴父親說：「這陣時機無仝款啦，共匪已經𣍐擱拍砲，誠濟人攏咧起新厝，這個行業將來一定會大趁錢。起初從小工做起，毋免兩三年，著會使該己做師傅，毋驚無錢通趁。」

「講的較緊啦！」跛跤膨豬不認同地，「若是毋捌想、𣍐食苦，永遠𣍐寸進。做小工著有氣力，著會堪得予風吹、予日曝，毋通做無三日又擱想倦。若是按爾是無出脫，嘛會予人笑。」

「阿爸，你毋免煩惱啦，人講少年著是本錢，氣力會使沓沓仔練。你一定著相信我，一定著對我有信心，我絕對𣍐予你漏氣啦！」貓仔馬俊趾高氣揚地說：「等我工夫若學起來，咱這間破厝嘛會使拆掉，重新擱來起一間新厝。」

「少年人講話毋通膨風，等工夫學起來才講啦！」跛跤膨豬提醒他說：「千千萬萬著記的，大空話毋通講傷早，若是予人聽到，會予人笑破腹肚皮，知影無？」

「恁這老歲仔，頭腦轉𣍐直，又擱驚東驚西的。」貓仔馬俊不認同地，「像阮這種少年人，除了目睭著看遠，嘛著有該已的想法，將來才會有前途。」

「好啦，閒話毋免講赫濟，做予人看覓才是真的！」

「阿爸，我一定𣍐予你失望，你等徛新厝好啦！」

「我毋敢數想，」跛跤膨豬搖搖頭，內心似乎有無限的感慨，「等你新厝起好，我的大厝已經佇門口咧等我啦！」

「阿爸，你毋通講赫五四三的好無？阮阿母已經綴兵仔走，我無母𣍐要緊，但是𣍐使無你這個老爸！」貓仔馬俊嚴肅地說。

跛跤膨豬看看他，沒說什麼，只搖搖頭笑笑。

不知是興趣使然，還是找到臭味相投的朋友，貓仔馬俊跟隨一個綽號叫馬尿的土水師做小工，已足足有半年之久。一般來說，小工不等於學徒，它是按日計酬的。至於何日始能成為師傅，端看個人學習的態度和本事，雖然不必等到三年四個月才出師，但若想成為一個獨當一面的土水師，卻也不是一件簡單容易的事。有人做了一輩子和泥搬磚的小工，竟連砌牆、鋪瓦都不會，又焉能成為一個替人修房建屋的土水師傅。有人不怕辛苦，追隨老師傅認真學習，久而久之必能領會到它的竅門，於是一路從小工到小師而大師，即便必須歷經歲月的磨練，但終究還是能卓然成師。只要有一技之長而又勤奮，復加量入為出，不愁沒有好日子可過。貓仔馬俊是否能有如此的能耐呢？還是又要嫌棄全身都是泥巴灰塵，每天都要承受風吹日曬，而打退堂鼓？

跛跤膨豬目睹孩子每天早出晚歸，皮膚被太陽曬得黑黑的，而且清瘦了不少，甚至每個月領的工錢，還主動地要交給他貼補家用，內心除了感動，的確亦有點不捨。雖然他分文未取，要他自己存起來，將來好討老婆，但似乎也讓他深深地感受到，孩子變乖了，也懂事了。於是一絲滿足與欣慰的微笑，輕輕地掠過他黝黑多皺的面龐。然而孩子是否真變乖了、懂事了呢？此時下定論未免太早了，它必須經過歲月的考驗和時光的沉澱。果真不久，孩子竟在父親的面前抽起香煙來了。

「你食薰？」跛跤膨豬訝異地問。

「厝頭家送的啦，毋免錢的。」貓仔馬俊說。

「毋免錢嘛毋通食，古早人講：『囝仔人食紅薰會黑心肝』，對身體無好。」跛跤膨豬開導他說。

「我已經大漢啦，一支半支獪要緊，食趣味的啦。阮師傅攏嘛一支煞一支，伊已經六十外歲，身體抑擱勇佫若鋼的，伊的心肝嘛無黑。」貓仔馬俊辯解著說。

「這種歹習慣，上好共伊改掉。」

「做工仔人誠濟攏嘛食薰擱啉燒酒。」

「佇外口做工，毋通好的學無著、先學歹的。若是按爾著去了了啦。」

「放心啦！阿爸。你毋通獪記的，我是中學生呢，誠濟做工仔人攏嘛毋捌半字，我獪予個牽歹去啦！」

「捌字的予毋捌字的牽歹去，佇這個社會誠濟，你該已著注意。錢銀趁濟趁少另外一項事志，毋通予序大人煩惱才是真的。」

「我知影啦。」

從貓仔馬俊與跛跤膨豬的對話中，或許，孩子確實已長大了。然而他是否能在這個現實的社會脫穎而出，成為一個稱職的土水師？還是會誤交損友，受到那些狐群狗黨的影響而再次地惹事生非？一切端看他自己的定力和造化了……。

第五章

貓仔馬俊吸煙不僅吸出了興趣，也吸上了癮。「囝仔人食紅薰會黑心肝」只是老歲仔騙小孩的玩笑話，似乎沒有什麼能比得上吞雲吐霧時，那種怡然自得的快意和舒爽的。尤其把煙夾在指間或放在耳上，抑或是吸上一口吐出煙圈，這些舉止貓仔馬俊全都學會了，也可見他已長大成人了。他除了學會吸煙，而且還吸上癮；學會喝酒，卻又經常醉茫茫。相對於煙酒不沾的跛跤膨豬，在實際生活享受上，豈能與他這個後生晚輩相媲美。或許，兩人根本就沒有血緣關係，貓仔馬俊的性情，可能是遺傳自副村長。

不可否認地，貓仔馬俊的確是有點小聰明，讀書時就喜歡做大哥，也就是俗稱的「雞母頭」。想不到做了幾個月小工，竟結交不少「你兄我弟」，雖然分屬不同工地，但只要一收工，都會聚結在一起。或聊天、或飲酒、或撞球、或抽虎鬚、或推三公、或抾紅點，甚至到娛樂場所泡妞，把自己的休閒時間，安排得妥妥貼貼、舒舒適適，的確是青春不留白啊！讓許多年輕人羨慕不已。然而除了聊天打屁不必花錢外，其他或多或少總要分攤，涉及到賭博的即使是小賭，也不一定是穩贏不輸。因此，每天辛辛苦苦以勞力換取而來的那點工資，怎夠他胡亂地揮霍，於是他不得不求助於跛跤膨豬。

「阿爸，你先借我五百塊，我月底領錢著還你。」貓仔馬俊求助於父親說。

「趁錢無快活，毋通亂開，著儉儉仔用。」跛跤膨豬開導他說。

「阿爸，你安心。」貓仔馬俊臉不紅氣不喘地撒著謊說：「我每個月領的工錢，攏嘛囥咧銀行生利息，準備將來娶某、起新厝通用。」

「你若捌想、擱會曉通勤儉，比啥物較好。」跛跤膨豬不疑有他，興奮地笑笑，「講實在的，若是親像你講的按爾，我這世人擱較艱苦，嘛有價值。」

「阿爸，你好命的日子真緊著欲來啦，𫝛擱赫爾艱苦啦！」

「我等這日已經等真久啦，」跛跤膨豬以一對期待的眼神看著他，「到時予逐家來看覓，無母的囝仔照常有出脫！」

「阿爸，誠濟人講咱爸仔囝無仝面，你講有影抑無影？」貓仔馬俊好奇地問。

「有仝面無仝面𫝛要緊，同心較重要。」跛跤膨豬搖搖頭笑笑，「你講有影無？」

「當然嘛是有影，無人比阿爸你擱較了解我的輕重。」貓仔馬俊得意地，「親像我開喙共你借錢，你攏無第二句話，五百著是五百，毋捌打折扣，這點實在予我誠感動。」復又想討好他說：「我定定咧想，阮阿母頭殼一定歹去，無三句話著予兵仔拐走去，放你孤孤單單一個，實在真過份。將來若是有較妥當的對象，我一定欲設法叫人共你做媒人，介紹一個予你作老伴。」

「毋成囝，娶貓咧娶虎！」跛跤膨豬瞪了他一眼，「恁爸擱活幾年仔，著欲去蘇州賣鴨卵。你顧好你該己，搰力去拍拚，將來欲娶某的是你，毋是我這隻老猴。你千千萬萬著記的，後擺毋通講講彼五四三的，若是予人聽到，會予人相紲笑、欲笑笑無份。」

「阿爸，我講的是真心話，毋是佮你滾笑的。」貓仔馬俊假裝正經地說。

「毋成囝，毋通講講赫有的無的啦……。」跛跤膨豬不認同地，不想和他說下去。

貓仔馬俊有了五百塊錢可花用，似乎更有大哥的架勢。

「臭屁仙也，你共馬屎生仔、牛鞭佮虎膦才仔個講，歇工了後湊陣來去金花小吃店啉燒酒。」貓仔馬俊交代著說。

「抑未領工錢，欲去陀位提錢來賣燒酒？」臭屁仙雙手一攤，無奈地說。

「看我、看我、看我啦！」貓仔馬俊拍著胸脯神氣地，並掏出口袋裡的鈔票在他面前一揚，「阮老爸土名叫跛跤膨豬啦，伊無啥物，著是有錢！」

「還是你貓仔馬俊較有辦法，」臭屁仙豎起大拇哥，誇讚他說：「有一個有錢老爸，比我擱較臭屁！」

「無啥物啦，」貓仔馬俊依然神氣地，「請恁這好兄弟來去啉一杯，我請會起啦！」

「你抑擱有一個目的……。」臭屁仙尚未說完。

「啥物目的？」貓仔馬俊睜大眼睛搶著問。

「你是醉翁之意不在酒，數想欲去看金花啦。」臭屁仙笑著說。

「你誠知影兄弟的輕重。」貓仔馬俊得意地笑笑，「講笑規講笑啦，金花煮的肉絲麵實在獪歹食，湯頭誠合我的味口。」

「毋是金花仔煮的麵好食，是你貓仔馬俊數想伊啦。」臭屁仙取笑他說。

「毋驚你臭屁仙笑，」貓仔馬俊正經地說：「金花這個查某囡仔，看起來溫溫純純的，生了嘛獪歹看，我實在愈看愈佮意。」

「既然按爾，就共伊娶來做某啊。」

「等我起新厝再擱講。」

「等你新厝起好，毋知欲等到啥物時陣。」臭屁仙有所疑慮地，「若是等你新厝起好，真可能金花仔已經予台灣兵仔娶走去啦！」

「無赫嚴重啦。」

「誠歹講喔。」

收工後，一夥來到金花小吃店，因為經常來光顧，因此與老闆兼掌廚的金花彼此都很熟稔，偶而地也開開玩笑。

「來坐喔，恁幾個人？」金花親切地招呼他們，並指著靠窗的桌子說：「這有位、這有位，坐這、坐這！」

「金花仔，妳是愈來愈婧喔。」臭屁仙一見面就誇讚她，並和她開起玩笑，「我共妳做媒人，好無？」

「是你臭屁仙毋甘嫌，多謝啦！」金花笑著，「恁欲食啥物？」

「今仔日貓仔馬俊請客，予伊來叫。」馬屎生仔說。

「按爾好啦，」貓仔馬俊爽快地，「一人一碗肉絲麵加一粒卵，擱切一盤滷菜，來二矸紅標米酒頭仔，若是食無夠再擱叫。」

金花笑咪咪地走進廚房，因為她有錢可賺。臭屁仙、馬屎生仔、牛鞭佮虎膦才仔則暗暗地爽著，因為他們有吃又有喝。而貓仔馬俊卻偷偷地看著金花走路時扭動的腰肢和渾圓的臀部，因為他佮意她很久了。可說是各取所需、各有所求。

小吃店顧名思義是小吃，零零星星的客人幾乎都以麵食為主，像貓仔馬俊一夥既吃麵、切滷菜又喝酒的客人並不多。故而，他們也趁著這個機會，邊吃、邊喝，邊和金花聊天開玩笑。

「婧姑娘，妳看貓仔馬俊生了怎樣？」虎膦才仔笑著問金花說。

「恁毋通亂亂叫啦，」金花笑著說：「貓仔馬俊是山伯英台戲中的馬文才。恁看，恁這個馬俊，生了緣投仔緣投，又擱婧面仔婧面，是無貓假貓啦。」

「金花仔，貓仔馬俊是中學生呢，毋是親像阮這青瞑牛。伊老爸跛跤膨豬無啥物，著是有錢，將來啥人若嫁予伊，會快活一世人。」喝得滿面通紅的牛鞭，竟開玩笑地問她說，「我共妳做媒人、好無？」

「三八！」一朵嬌艷的紅玫瑰，霎時，出現在金花的面龐，「多謝你的家婆啦！」

「免歹勢啦，」馬屎生仔一本正經地，「古早人講：男大當婚，女大當嫁，親像阮貓仔馬俊這款少年真少。」

「毋通佮伊滾笑啦，」貓仔馬俊看看她說：「恁看，金花一個面紅記記，若擱講落去，伊絕對會變面！」

「你放心啦，金花伊是一個捌世事的人，誠好滾笑，𣍐變面啦。」臭屁仙說。

「我聽你臭屁仙咧放屁，伊咧變面著親像豬母變虎。」虎鱗才仔看看金花說：「有一日我親目看著，一個台灣兵仔數想欲食伊的豆腐，金花伊大跤著共踢落去，擱罵伊假猜。」

「敢有影？」馬屎生仔好奇地問。

「講笑規講笑，𣍐使起跤動手的。」金花點點頭笑著說，似乎亦有一絲兒警告的意味，

「這款人我看伊無通起。」

「我共恁眾兄弟警告，」貓仔馬俊指著他們說：「後擺佮金花仔講話著較正經的，恁若毋知死活，想欲佮伊做媒人，一定會討皮疼。千萬毋通啉幾喙仔燒酒著起酒猜、講酒話。」

「貓仔馬俊，你也毋是金花仔個啥人，咧替伊講啥物話？」臭屁仙故意指責他說。

「我有替伊講話抑是無替伊講話，阮兩人上知影，毋免你臭屁仙家婆。」貓仔馬俊說後看看金花，「婧姑娘，妳講有影無？」

「有影、有影，有影你的頭啦！」金花不屑地，伸手想敲打他的頭。

「刺查某！」貓仔馬俊一閃，沒被她打到，竟順口說：「我貓仔馬俊一定欲共妳娶來做某！」

「獪見笑！」金花絲毫不給他留情面，「你這世人毋免數想啦！」

「大話毋通講傷緊，」虎驎才仔面對金花打趣著說：「無定著毋免偌久，阮這兄弟攏著叫妳一聲：貓仔馬俊嫂。」

「你去死啦，」金花伸手搥了他一下肩膀，「愈講愈過份！」

「虎驎才仔頭腦獪歹，」臭屁仙誇讚他說，並一再重複：「貓仔馬俊嫂，貓仔馬俊嫂，實在有夠好聽擱親切的。」

金花收起笑容，不想再理會他們。即使為了生意起見以及同鄉的關係，經常陪他們聊聊天或說說笑笑，但卻從未涉及到男女間的問題。今天想必是他們酒喝多了，才會胡言亂語、語無倫次，盡說些沒有營養的話。更何況他們除了吃吃喝喝外，又能成得了什麼氣候。並非她自命不凡或高不可攀，將來她擇偶的對象，絕不會是這些浪蕩子。

然而，當貓仔馬俊聽到有人叫她貓仔馬俊嫂時，簡直樂歪了。於是他瞇著眼，偷偷地看著相貌清純艷麗、體態豐滿卻又能幹的金花。腦裡也一直想著，如果能娶她為妻，何嘗不是他此生最大的福分。可是當這些酒肉朋友費盡心思，試圖幫他敲邊鼓時，他是否會因此而獲得金花的青睞呢？若依他目前的行為來說，似乎是不可能的。即使跛跤膨豬為人忠厚老實，但村人和鄰近的村落，有誰不知道貓仔馬俊是秋月討副村長所生，甚至永遠記得他母親秋月跟副連長私奔的事，還有他自身遭受學校退學又不務正業的「歹囝」底細。凡此，都是他求職或擇偶的致命傷。

人格上有瑕疵的貓仔馬俊，除非自己爭氣，能及時地回頭，徹底地改過自新，努力不懈闖出一片屬於自己的天空，要不，以他的身世與目前的行為來說是難以獲得認同的。倘若真對金花有意思，也只不過是單方面的，以金花的乖巧美麗和手藝，以及其父親是鄉公所幹事的身分，豈會看上一個被學校退學、而四處打零工卻又「紅薰」、「燒酒」不離身的少年家。貓仔馬俊如果有「佮意」他的想法，莫非就誠如俗話所說的：「半壁吊肉貓跌倒，看有食無癮仙哥」那種情境。

當然，如果有一天他能徹底地改過，奮發向上，成為土水界獨當一面的大師，始能改變外界對他不良的觀感，果真如此，則又另當別論。倘若不知悔改而繼續沉淪下去，被蒙在鼓裡的跛跤膨豬，他那些「賣豬賣牛」與「儉酸苦澀」儲存下來的「棺材本」，勢必也會受到遭殃。甚至他那條不知為誰辛苦為誰忙的老命，以及那把一生勞碌、卻又值不了幾文錢的老骨頭，也會被他這個了尾仔囝給葬送掉。這不知是跛跤膨豬的悲哀？還是宿命？但願貓仔馬俊能記住：「毋免擱一年半載，咱鄉里的天下著看我楊馬俊，我絕對𣍐予你漏氣啦！」的承諾，才不會辜負跛跤膨豬養育他的一番苦心。然而能嗎？旁人則不得而知，或許只有他心裡最清楚。

第六章

時光就猶如是貓仔馬俊口中吐出的煙圈，在轉瞬的刹那間，隨即消逝得無影無蹤。而日復一日，年復一年，貓仔馬俊並沒有實踐「咱鄉里的天下，就看我楊馬俊」的諾言，依然只是一個入不敷出的泥水小工。除了食「紅薰」、啉「燒酒」外，又多了一項「跋筊」的陋習。起初只是玩玩釣紅點抽大頭，只要有足夠的酒錢和滷菜錢便結束，然後再一起到金花小吃店喝酒聊天，無論是贏家或輸家，都有得吃。如此的輸贏，認真說來也只不過是二瓶米酒、一盤滷菜、四碗麵的小錢，但倘若運氣不好經常輸的話，長久下來卻也不是一筆小數目。貓仔馬俊倚仗一點小聰明，以及自認為是讀過書的中學生，那些大字不識幾個的青瞑牛，絕不是他的對手，在嚐到幾次白吃的甜頭後，竟興起了玩真的念頭。

「逐日釣紅點、食麵啉燒酒，無啥物意思啦！咱來推十點半，我來作筊頭家予恁壓，錢隨在恁出，十點半和五小加倍賠，平點笅頭家贏。」貓仔馬俊把遊戲規則告訴他們說。可是他們似乎都沒有賭博的意願，正在猶豫不決時，貓仔馬俊又說：「逐家來跋一個趣味的，輸贏艙真大，毋免驚啦！」

於是臭屁仙和馬屎生仔各壓十元，牛鞭和虎膦才仔各壓二十元。當貓仔馬俊發完牌，只聽他一聲聲的「予你死、予你死」，雖然臭屁仙和馬屎生仔各十元被他吃走，讓他興奮地贏了二十元。可是牛鞭則是十點半，虎膦才仔亦毫不客氣來個五小，必須各賠四十元，這一輪貓仔馬俊總共輸掉六十元。誠然，玩牌的技巧固然重要，運氣則是決定輸贏的主要因素，除非是以不正當的手法詐賭，不然的話，誰敢於否定它的存在。在輸多贏少的情境下，貓仔馬俊已開始抓狂。

「虎膦才仔，你今仔日贏艙少，換你作笅頭家，予我來壓。」貓仔馬俊說後，把撲克牌交給他。

「我無赫濟笅本啦，」虎膦才仔看看他，推辭著，「我看咱莫擱跋落去……。」

「啥物，莫擱跋落去？」貓仔馬俊激動地，「恁老母較好咧，你跋贏想欲走是毋？」

「我哪有想欲走！」虎膦才仔不甘示弱地，「欲跋著來跋，驚啥膦鳥！」說後重新洗牌，「來，無限大小，有種恁共我壓！」

「恁老母較好咧，比臭屁仙擱較臭屁！」貓仔馬俊不信邪地，「恁爸無咧驚啦。壓一百！」

「莫壓赫濟啦。」虎鱗才仔低聲地說。

「恁老母咧，開飯店驚人大食！」貓仔馬俊不屑地，「你毋是講無限大細隨人壓？」

「壓一百著壓一百，驚啥潲！」虎鱗才仔無懼地，似乎也動了些火氣，「你無穩贏的啦！」

「緊分牌、緊分牌，莫講赫爾濟廢話。」貓仔馬俊催促著說。

臭屁仙和馬屎生仔味口較小，依舊只壓二十元。當虎鱗才仔發完牌，詢問諸「筊跤」要不要補牌時，他們幾乎都異口同聲說：「毋補。」當他掀開自己的底牌時，卻是一張黑桃六，於是他不得不補上一張，而這一張竟是梅花五。

「十一點、十一點，死、死，總賠、總賠！」貓仔馬俊興奮地，「恁爸毋信你的筊運有偌好！」

「貓仔馬俊你莫浮潲，」虎鱗才仔對著他說：「有種你壓二百予我看覓！」

「壓二百著壓二百，恁爸是無咧信你彼套！」貓仔馬俊使力地把錢壓下。

當虎膦才仔發完牌後，亦無人要補牌，於是他慢慢地掀開自己的底牌，竟是一張紅桃十。「有人十點半無？」他故意地看看他們問，「若無我欲通食啦！」隨後把他們所壓的錢，全部掃到自己的面前。

貓仔馬俊原本小贏一百，現在反而倒輸，除了紅了雙眼外，似乎心亦有不甘。於是他把口袋裡所有的錢全部掏出，概略地算算，少說也有三百多塊。如果這一把能來個十點半或五小，那便是雙倍錢。憑他貓仔馬俊的運氣，絕對不會那麼倒楣的。

「分牌、分牌，緊分牌，」貓仔馬俊催促著，並告訴笅頭家說：「我面前這錢攏壓，攏總壓落去，恁爸毋信會赫衰潲！」

「貓仔馬俊，你誠有種，平平是做工仔人，啥驚啥，恁爸佮你拚啦！」虎膦才仔不信邪，激動地說。

「毋通跋赫爾大啦，」馬屎生仔勸他們說，「等一會逐家打歹感情，按爾著無意思啦！」

「驚啥潲，」貓仔馬俊神氣地，「我有一個有錢老爸通靠啦！欲五百著有五百，欲一千著有一千，無咧漏氣的！」

「馬屎生仔，你毋免替人煩惱啦，跛跤膨豬無啥物著是有錢，伊會堪的予個囝輸笅啦！」虎鱗才仔邊洗牌邊消遣他說。

「虎鱗才仔，恁老母較好咧，」貓仔馬俊不悅地，「跛跤膨豬是你咧叫的是毋？無大無細！」

虎鱗才仔自知理虧，默默地發著牌不敢哼聲。貓仔馬俊偷看了一下自己的底牌，隨即又蓋好。心中暗暗地爽著，因為他拿到的是梅花九，而虎鱗才仔是紅桃二，必須補牌。每當他補上一張牌時，貓仔馬俊就喊出一聲「死」，然而它卻偏偏「毋死」。首先補的是黑桃三，形成五點，貓仔馬俊心想，下一張只要再來一個六，便死定了。可是繼而的是紅心和梅花K與紅桃Q，只見虎鱗才仔一聲「五小」，貓仔馬俊臉色一陣鐵青，面前的錢全數由虎鱗才仔取走，口袋已是寸草不留、空空如也。

「欲擱跋毋？」虎鱗才仔興致勃勃地問。

「當然嘛欲擱跋！」貓仔馬俊有點激動。

「你敢抑擱有錢？」虎鱗才仔故意問。

「跋欠數的。」

「筊數歹討，我看無錢莫擱跋啦！」

「恁娘較好咧，你跋贏筊想欲走是毋？」貓仔馬俊氣憤地，「我若是跋輸，毋免超出三日，一定還你。憑我貓仔馬俊的信用，你虎鱗才仔還有啥物𣍐放心的！」

「既然你貓仔馬俊數想欲擱跋落去，我看按爾好啦，臭屁仙佮馬屎生仔伊二人莫擱跋啦，予咱兩個孤對孤，看是欲猴抑是豬哥！」虎鱗才仔說。

「按爾好，予個兩個共咱作公親！」貓仔馬俊說。

「臭屁仙恁來，」虎鱗才仔從口袋裡掏出贏來的錢，大方地對著他們說：「一人予恁一百箍吃紅。」

虎鱗才仔如此的舉動，看在平日以大哥姿態自居的貓仔馬俊眼裡，的確是五味雜陳、難以忍受。於是他打從心裡發出如此的怒聲：「虎鱗才仔，恁娘較好咧，你共恁爸記的，這筆數𣍐予你欠傷久，早晚會佮你算清楚！」

於是兩人輪流作莊，時而十點半，時而推三公，反正口袋裡沒錢照樣賭，而且純以口頭作籌碼，因此賭起來更無節制。貓仔馬俊的賭運委實不佳，在禁不起連輸好幾輪的情況下，情緒非僅失控，亦近乎要抓狂；甚至鬢邊已暴露出青筋，眼裡也滿佈血絲，下起注來不是兩百就是三百，在短短的時間內，已輸掉好幾千元。儘管這些酒肉朋友經常吃他的、喝他的，但是積欠的賭債可以不還嗎？可以一筆勾銷嗎？那是不可能的。他應該會記得：「親兄弟明算帳」這句俗語話。

「恁老母較好咧，今仔日筊運哪會赫爾歹，逐遍輸，實在有夠衰潲的！」貓仔馬俊氣憤地把手中的撲克牌往頂上一拋，「無癮跋啦！」

「較有風度的好無，」虎膦才仔不屑地，「跋輸筊毋通擱使性地！」

「你共恁爸管潲！」貓仔馬俊大聲地咆哮著。

「你跋輸筊擱咧大聲啥潲？」虎膦才仔不認同地。

「我過癮咧，你欲共我含膦鳥是毋！」貓仔馬俊亦不客氣地。

「我無癮佮你講赫廢話，」虎膦才仔瞪了他一眼，而後屈指一算，「你攏總欠我八千三，尾數三百毋免算，八千箍你啥物時陣欲還我？」

「你驚恁爸去予走去是毋？」貓仔馬俊反問他，「欠你彼點仔筊數，你咧緊張啥潲？恁爸一年冬請你食、請你啉，請你無數次，你敢赫緊著繪記的？」

「話毋是按爾講……。」虎膦才仔尚未說完。

「毋是按爾講，應該怎樣講？」貓仔馬俊搶著問。

「請規請，數規數，人講親兄弟明算數。敢毋是按爾？」

「好，今仔日交你這個朋友算我衰潲！」貓仔馬俊憤怒地，「錢咧恁爸手頭，你虎膦才仔有種來討！」

「貓仔馬俊你真鴨霸潲咧，」虎膦才仔警告他說：「我今仔日共你講實話，別人驚你，恁爸無咧信你彼套啦！你目睭潲共我展較金的！」

「莫按爾啦，」馬屎生仔走到他們中間充當和事佬，「逐家攏是朋友，有話好好講，毋通變面啦！」

「予你馬屎生仔佮臭屁仙兩個來評評理，我毋跋，伊叫我跋；跋輸，伊變面，數想毋還錢，這種人敢是男子漢大丈夫！」虎膦才仔激動而高聲地，「八千箍笅數，我毋驚伊無啦！」

「煞啦、煞啦，莫擱大細聲，逐家攏佇外口咧做工，親像該已的兄弟，若是打歹感情著無好啦！」臭屁仙試圖安撫他說。

「毋免恁兩個來做公親，」貓仔馬俊指著臭屁仙和馬屎生仔說，「看伊欲怎樣、隨伊便，我貓仔馬俊不管時應付伊啦！」

「有種逐家試看覓！」虎鱗才仔不甘示弱地說。

自此之後，貓仔馬俊與虎鱗才仔兩人已形同陌路，但是他積欠虎鱗才仔的賭債則不得不還。經過幾次催討，貓仔馬俊卻置之不理，於是虎鱗才仔放出風聲，如果貓仔馬俊在一個禮拜內沒有給他一個滿意的答覆，將給他好看。起初貓仔馬俊並不以為意，雖然虎鱗才仔塊頭比他高大，但「歹囝」這個名號亦非浪得虛名，因此，彼此都有「誰怕誰」的想法。然而，論情論理，欠錢不還就是不對，即使是賭債，也必須尋求解決的方法，始能化解雙方的對立。一旦雙方互不讓步，積怨勢必愈來愈深，最後終將成為仇家。

一個禮拜過去了，貓仔馬俊依然無動於衷，毋寧說他根本就不想償還這筆跋筊錢。可是在虎鱗才仔的想法裡，他並沒有以不當的手段詐賭，純然是憑自己的運氣和本事「贏筊」。況且，貓仔馬俊不是再三強調「我有一個有錢老爸通靠啦！欲五百著有五百，欲一千著有一千，無咧漏氣的！」既然他有一個有錢的老爸做靠山，更應該把這筆拖欠很久的「筊數」還清。如果想要賴不還，那明明是「食人夠夠」，豈能就此了之。

那晚收工後，虎麟才仔從不同的工地快步走來，守候在貓仔馬俊回家的必經之路。當貓仔馬俊出現在他的眼前時，的確應了「仇人相見，分外眼紅」這句俗諺。虎麟才仔不分青紅皂白，跨步上前，猛力地揪住他胸前的衣服。

「貓仔馬俊，恁娘較好咧，你有講信用無？」

「你欲相拍是毋？」貓仔馬俊使力地把他的手撥開，並順手朝他的胸部推去。

「恁娘咧，」虎麟才仔快速地撲上前，緊緊地把他壓倒在地上，「你貓仔馬俊毋是恁爸的對手啦！」說著說著並揮手打了他兩下耳光。

「駛恁娘較好咧，你敢拍我！」貓仔馬俊使力想掙脫，但不能如願，於是雙手亂揮，雙腳亂踢，不斷地掙扎，並不停地罵著：「駛恁娘，你拍我！駛恁娘，你拍我！」

經他如此一而再再而三地謾罵，虎麟才仔更是火上加油、氣憤難忍，連續摑了他好幾記耳光，並警告他說：「你擱罵、你擱罵，你擱罵一句恁爸著拍予你死！」

趁著虎麟才仔怒氣沖沖而沒注意時，貓仔馬俊竟雙腳用力一蹬，猛而地一翻身，出拳朝他的頭部揮去，並口出惡言：「駛恁娘咧，予你死！」而這一拳不偏不倚正好擊中他的太陽穴。只見虎驎才仔眼裡冒出許許多多的金光，甚而頭亦有點暈，然他微頓了一下後，隨即握緊拳頭，朝他的下巴揮去。而這一拳或許是使力過猛，竟打斷了貓仔馬俊兩顆門牙，霎時，血水和口水從他的嘴角流出，但虎驎才仔並沒有放過他的意思，又快速地把他的手臂扭到背後，然後腳用力一踼，貓仔馬俊雙腳一軟，竟跪在地上，右手不停地擦著從嘴角流出來的血水。

「你擱罵看覓？你貓仔馬俊目睭澥展無金，欠教示！」虎驎才仔又用力扭了他一下手臂，「八千箍啥物時陣欲還？」

「我無錢啦！」貓仔馬俊硬著嘴說。

「無錢敢跋筊？」虎驎才仔屈指敲了他一下頭，「你看我忠厚老實好欺負是毋？八千箍啥物時陣欲還？你共我講一個時間我著放你去；若無者，恁爸著拍予你跤骨折。」說後，又把他的手臂往後一扭，痛得他不斷地咬牙皺眉頭。

「十日後啦！」貓仔馬俊雖然心不甘情不願，但不得不低頭。

「好，」虎驎才仔鬆開他的手臂，「十日後若是無還我，恁爸著對你無客氣！」復推了他一把，「去予人姦啦！」

貓仔馬俊狠狠地瞪了他一眼，復又一次地拭去嘴角的血水。然而他左思右想，想不到向來以大哥自居的自己，竟會敗在平日對他百依百順、敬畏三分的虎麟才仔手下，淪落成這副狼狽相，這是他始料未及的。難道之前的順從、敬畏，只是一些想吃他、喝他的狐群狗黨，把他當成冤大頭一般來戲耍。一旦變起臉，小弟竟比大哥還凶狠，憑著他高大魁梧的身軀，毫不客氣地以暴力相向，被打落的牙齒只好含血吞。

仔細地想想，和他玩十點半輸錢的事，起初亦只是抱著好玩的心態，想不到彼此都把它當真。或許，該怪的是自己的賭運不好，把口袋裡的現金輸個精光不打緊，積欠那筆龐大的「筊數」才是他最大的夢魘。原以為他會看在老朋友份上，把那筆輕易取得的筊數一筆勾銷，或是拿幾百塊意思意思就好，給他一個面子。萬萬沒想到他只去除尾數，硬要他還八千元，甚至還三不五時加以催討，復以惡言恐嚇。別說是八千元，五百元他也得向老爸求助，這一下可完了，十天後他又能到哪裡去籌措這筆錢來還虎麟才仔呢？的確是讓他一個頭兩個大，只好運用父母賜予他的智慧，設法來解決。

拖著滿身傷痕回到家裡，當跛跤膨豬看到他這副狼狽相時，趕緊走到他身旁，看一個究竟。

「你哪會規身軀攏是傷，是毋是佮人相拍？」跛跤膨豬關心地問。

「毋是啦，佇工地跋倒。」貓仔馬俊撒著謊。

「你看，一支喙腫佫若豬哥的，喙角抑擱咧流血，緊去予衛生連的醫官糊藥。」跛跤膨豬不捨地囑咐著。

「赡要緊啦，一點仔青傷，誠緊著好啦。」貓仔馬俊撫撫臉，忍著全身的傷痛對跛跤膨豬說：「阿爸，我想毋去做小工啦。師也攏無共起厝的工夫教阮，逐日攏是叫阮抄灰抄塗，已經去做赫久，連舉灰匙怎樣抹壁攏赡曉，實在有夠悲哀。我看若擱做落去也是無啥物意思。尤其今仔日跋彼倒，規身軀攏是傷，差一點著無性命。」

「啥物穡頭攏有風險，該已著細膩。」跛跤膨豬頓了一下，而後愛憐地說：「既然你對做小工無興趣，就暫時佇咱兜歇睏，等身軀的傷過皮了後再擱講。」

「阿爸，你會使先借我一萬箍赡？」貓仔馬俊一副可憐相。

「啥物？」跛跤膨豬訝異地，而後結結巴巴地說：「一萬箍、一萬箍，一萬箍你欲創啥物？」

「我有一個誠好的朋友個老爸過身去啦，個兜實在真艱苦，老母又擱破病倒咧眠床頂，連共佪老爸買棺材的錢攏無，實在有夠可憐。」貓仔馬俊低聲細語，一副可憐的模樣，而且臉不紅氣不喘，試圖以美麗的謊言博取父親的同情。

「我身軀邊哪有赫濟錢，別人欲借錢的事志毋通揣我。」跛跤膨豬一口拒絕。

「阿爸，我彼個朋友知影你有錢、心肝擱好，才會拜託我共你講，請你共伊湊相共。」貓仔馬俊繼續求情。

「一萬箍、一萬箍，一萬箍毋是咧滾笑的，你敢知影？」跛跤膨豬面有難色。

「阿爸，逐個人攏嘛知影你有錢、心肝擱軟。講實在的，別人若有困難，共人湊相共也是功德一件，到時會得到好報應。」

「伊啥物時陣欲還？」貓仔馬俊的謊言，終於讓跛跤膨豬心動。

「阮朋友講佪老爸出山彼日，佪的親情朋友會包禮共佪湊鬧熱，到時伊會用赫禮金來還這筆數。」

「我來去算看有夠無啦！」跛跤膨豬無奈地搖搖頭，不禁感歎地對貓仔馬俊說：「可憐喔，老爸倒咧廳邊無錢通買棺材。馬俊啊，你著爭氣、捌想，擱勤儉哦，毋通有一日恁爸若死去，你才四界去借錢共我買棺材，若是按爾著見笑囉，也枉費恁爸飼你赫大漢的苦心。」

「阿爸，你放心，我絕對𣍐予你漏氣。」貓仔馬俊眼見目的將達成，於是露出一個滿意的笑容，「若是到彼日，我會共你穿十二層，外加長衫馬褂，徛福杉大厝，請鼓吹來歕，予你風風光光、鬧鬧熱熱上山頭！」

「恁老母較好咧！」跛跤膨豬沒好氣地說：「恁爸這陣抑未死，你講咯規喙的白沫瀾，親像誠實的。等有一日恁爸目睭若閉落去，你這個了尾仔囝會變啥物蠓，我看除了天公祖以外，啥人會知。」

「阿爸，你放心，人咧做，天咧看，𣍐予你漏氣啦！」貓仔馬俊的嘴角即使又腫又痛，但還是浮現出一絲喜悅的微笑。而這抹微笑，竟是以謊言欺騙自己的父親換取而來的。這種騙爸騙母、滿口謊言的了尾仔囝，是否會遭受天譴呢？

第七章

還清了八千元賭債，身邊尚有現金二千元可花用，貓仔馬俊又是活龍一條。而虎膦才仔早就料想到，像貓仔馬俊這種賤骨頭，純粹是欺善怕惡，更是「惡人無膽」，一旦遇到比他強悍的人，「塗猴」再也不敢「惡空口」。總說一句，這種沒有「膦脬」的「毋成囝」，不怕什麼，只「驚拍」！然而，他是否能從此次事件中得到教訓，而後步上正途；還是狗改不了吃屎，繼續以領頭羊之姿在社會上鬼混，誰也不得而知。

貓仔馬俊自從離開了土水界後，與之前一起做小工的臭屁仙和馬屎生仔等人已鮮少來往。即使賭債已還清，但與虎膦才仔的恩怨依然未解，每當想起被打落的牙齒，內心仍然憤恨不平，可是卻不敢主動地去招惹他，因為自己曾經是他的手下敗將。況且，虎膦才仔早已看出他那套把戲，認清他的面目，才敢於和他單挑獨鬥。俗語說：識時務者為俊傑，豈能再去惹他們而「討皮疼」。於是在找不到合適的工作時，只好「食爸晒母」四處遊蕩，跛跤膨豬又能奈何呢？唯一掛在嘴邊的是，要他趕緊把借給朋友的一萬元要回來。

「阿爸，毋是我的朋友無守信用，是個的親情朋友送的禮金傷少，無夠予師公佮鼓吹錢，一時無法度共赫錢還咱。伊有講過，請阿爸擱寬限一段時間，伊一定會還啦。」

「你毋通膾記的，赫錢是恁爸的棺材本，一角銀嘛膾使予缺角的。」跛跤膨豬警告著，「毋是我看你衰潲，若親像你這種欲食毋討趁的少年，將來一定是死路一條。」

「阿爸，我的傷還未完全好，這陣規身軀抑擱會疼痛，等我身體完全復元，我著會去吃頭路趁錢予你開，你安心啦！」貓仔馬俊說。

「趁錢予我開？我毋敢戇想。」跛跤膨豬搖搖頭，語氣堅決地說：「緊去共恁朋友彼萬箍討倒來才是真的。當初若知影伊的信用赫爾歹，我著毋借伊，免得予我咧著急。」

「阿爸，你毋免煩惱，我共你保證，阮朋友彼萬箍一定會還啦。」

「恁朋友佪兜徛佇陀？揣一日咱湊陣來去揣伊討，我欲當面共伊講清楚，若是一時無錢通還，我欲叫伊寫一張欠條，將來才有一個根據。」

「阿爸，你千千萬萬毋通按爾做，」貓仔馬俊緊張地，深恐謊言被拆穿，「阮朋友佪老母破病倒咧眠床頂欲死仔欲死，伊的心肝誠實真操煩，咱毋通擱去刺激伊啦！」

「啥物，𪜶老母倒咧眠床頂欲死仔欲死？若是按爾，彼萬箍欲討倒來就困難啦！」跛跤膨豬內心更加地焦急，不禁破口大罵：「恁老母較好咧，攏是你這個了尾仔囝好牽拾，你看彼萬箍欲去陀討！」

「阿爸，鄉里人攏嘛知影你這幾年來，賣豬、賣牛、賣雞、賣鴨、賣番薯、賣塗豆，賣東賣西趁誠濟錢。咱這個鄉里，會使講無人比你較好額的。阮阿母雖然綴兵仔走，予我沒面子，但是有一個好額老爸，予我感覺真光榮。阿爸，萬一阮朋友彼萬箍若討𣍐倒來，你就親像咧幫助艱苦人做善事彼樣。若是按爾，天公祖一定會保庇你食百二。」貓仔馬俊的一席話，的確已深入跛跤膨豬的心坎裡。

「毋免保庇我這隻老猴啦，保庇你認真搰力去拍拚、毋通予我操心煩惱較要緊！」跛跤膨豬深知，這個不爭氣的了尾仔囝，刻意地以美麗的言詞來討好他。

「阿爸，阮朋友借的彼萬箍，咱毋通逼伊還，等以後才擱講。希望𪜶老母的病緊好起來，予伊通去食頭路，通趁錢來還咱。」

「好啦、好啦，隨在你啦！」跛跤膨豬不耐煩地，「彼萬箍若討𣍐倒來，算我衰潲！」

聽到父親如此說，貓仔馬俊內心簡直有難以言喻之喜悅。他一年中學確實沒有白唸，想不到這些老歲仔竟是那麼好騙，只用幾句美麗的謊言，就讓他改變想法。如果沒有那一萬元，他的遭遇或許會更慘，虎膦才仔豈會放過他。如今賭債已還清，又有二千元可用，天下哪有那麼好康的事。即使騙的是自己的父親，但如果沒有用這種招數，向來視錢如命的父親，絕對不會輕易地給他一萬元花用，果真如此，他鐵定會被比他還凶狠的虎膦才仔打個半死。而假裝病痛的現時，又能到哪裡拿二千元來花用呢？

想著、想著，貓仔馬俊興奮的程度，就好比是中了愛國獎券，因為這筆不勞而獲的錢財，對他來說委實太重要了。往後如果需要用錢的話，以他這個讀過中學的頭腦，絕對遠遠超過那些大字識不了幾個的青暝牛。只要隨便撒一個謊，或編一個感人的故事，復博取同情，即可不費力氣輕易地取得，可說比他做小工強上數百倍。而且這個招數，不僅僅只適用於自己的父親，相信在外面也是相當管用的。倘若憑他的智慧和口才，再偽裝成一個既可憐又無辜的人，或打著忠厚老實又「好額」的跛跤膨豬的名號，想弄一點銀子來花用，似乎並不困難。於是貓仔馬俊愈想愈高興，早已忘了自己是誰。然而當他有了這種想法後，最易上當的都是一些較熟悉的親朋好友，一般人絕對不會拿自己的荷包跟自己過不去，輕易地把錢財借給與自己毫不相干的陌生人。

年輕就是本錢，這句話的確一點也不錯。雖然貓仔馬俊被打斷的牙齒不能復元，但嘴角的傷口與手腳的痠痛卻早已康復。可是在謀職方面，他高不成低不就，依然找不到合適的工作。即使跛跤膨豬說盡好話，要他上山幫忙，但他始終興趣缺缺。

「阿爸，你毋通三不五時仔著欲叫我去山作穡。講誠實的，叫我這個中學生去犁田種塗豆，去牽羊牽牛，去擔糞擔屎，去洗豬椆擔豬尿，去掘芋挖番薯，去摳麥割露穗。若是按爾，實在有夠離譜啦！」貓仔馬俊爭辯著。

「恁娘較好咧，中學生有啥物了不起？」跛跤膨豬相當不以為然，「恁老母秋月是荏懶，你是貧憚，俗語話講：有這種母著有這款囝，誠實無毋著！若有本事你著做予人看覓，毋通欲食毋討趁，共三字中學生掛咧喙角，若是繼續落去，會予人笑半死啦！你算看覓，你這幾年開去恁爸幾萬箍？恁爸這世人真衰潲，才會飼你這個無潲路用的了尾仔囝！」跛跤膨豬氣憤地說。

「阿爸，你毋通發脾氣啦，」貓仔馬俊嬉皮笑臉地說：「我已經共你講過，等我骨頭痠痛若好，我一定會去揣頭路趁錢予你開。你毋通一日嘈嘈唸，若是唸予我起猶，將來你若食老嬒作穡，看啥物人欲飼你。有我這個有孝囝，你著惜福啊！」

經過貓仔馬俊這麼一說，跛跤膨豬似乎也恍然大悟。孩子說的沒有錯，秋月那個猶查某已經跟兵仔走了，雖然孩子不是他的親骨肉，但畢竟是他把屎把尿，把他拉拔長大。如今父子兩人相依為命，而自己已年老，即使省吃儉用存了一點錢，將來眼睛一閉，再多的田園厝宅和錢財家當，還不是要歸他所有。既然孩子沒有務農的意願，又何必苦苦相逼呢？況且，兒孫自有兒孫福，他這個糟老頭未免管太多了，倘若引起孩子的反彈，父子意見相左而反目成仇，非僅不具任何意義，更是他不願意見到的。於是他決定不再管他，不再嘈嘈唸，讓他有一個自由發揮的空間，相信有一天孩子能領會到他的苦心，努力奮發，成為社會有用之材。將來一旦成家立業後，好延續他們家的香煙。

然而，儘管跛跤膨豬對孩子有諸多的期望，但貓仔馬俊遊手好閒、不務正業的行為，卻也讓人不敢苟同。雖然他已不再和之前那些酒肉朋友混在一起，但卻在撞球室裡，認識了綽號叫牛犅與水雞兩個新朋友。貓仔馬俊依舊一副大阿哥的模樣，不改先前的豪爽和慷慨，請他們吃喝玩樂，企圖為自己建立一座新的灘頭堡。兩位小弟初出茅廬，牛犅是一家雜貨店的送貨員，水雞則是在他堂叔經營的糕餅店幫忙，因為待遇不高，也就經常假借各種事由出來四處晃蕩。在嚐到貓仔馬俊施予的甜頭後，竟然臭味相投成為知交。除了吃吃喝喝外，撞球更是他們百玩不厭的娛樂。

儘管撞球是一種小本生意，但利潤卻不錯，也因此而四處林立。然而在相互競爭下，幾乎每家撞球店都僱有年輕貌美的小姐擔任計分員。顧客純粹來撞球消遣的有之，而醉翁之意不在酒衝著計分小姐來的亦不在少數。貓仔馬俊之前曾佮意過金花小吃店的金花，可是金花根本不把他看在眼裡，讓他自討沒趣，就好比梁山伯與祝英台戲裡的貓仔馬俊一樣，只有「空癮」的份。如今他又發現一個新目標，那便是日日春撞球室裡的三八小莉。

無論從任何一方面看來，小莉雖不如金花，但她卻比金花活潑。而過於活潑或外向，往往會予人一種「三八」的觀感。然若從做生意的層面而言，三八小莉或許要勝過冷若冰霜的大美人，因為她較具親和力，也是俗稱的「人人好」。儘管「講三色話，食四面風」能替頭家招來更多的客人，讓他賺取更多的金錢，可是無形中也會替自己製造許多困擾，讓一些自作多情的人因此而表錯情。貓仔馬俊之於會成為日日春撞球室的主顧，當然與三八小莉有密切的關係。

即使三八小莉沒有出眾的姿色和才華，亦無豐滿的身軀和傲人的曲線，甚至臉上還有些雀斑，但貓仔馬俊就是欣賞她那副「講粗講幼」的三八相，以及經常以老大姐的身分來教訓他。然而，小莉是否會喜歡一個成天遊手好閒沉迷於「撞球間」，靠打撞球消磨時間的年輕人呢？還是為了生意起見不得不應付他，抑或是基於同鄉的關係予以鼓勵。總而言之，男女之間感情的衍生，必須基於兩情相悅，誰也無權加以強求。儘管店員替頭家賺錢是天經地義的事，生意人亦是認錢不認人，可是有時侯，當小莉發覺貓仔馬俊連續多天流連忘返於撞球間時，總會毫不客氣地加以勸導。

「貓仔馬俊，你應該著去揣一個頭路，毋通一日到暗攏浸佇這，按爾是浪費時間擱無前途啦。」小莉好心地提醒他說。

「阮老爸有錢，伊毋免靠我飼啦。」貓仔馬俊不在乎地說。

「恁老爸的錢，毋是天頂加落來的，是恁老爸上山落海、飼豬飼牛，作穡拖磨儉落來的艱苦錢。你著較儉的，毋通共伊毀了了，將來若揣到好親情通娶某。」小莉勸導他說。

「小莉，講實在的，我的娶某本阮老歲仔已經共我準備好啦，隨時攏會使娶。若是以阮老爸的錢銀來講，將來啥物人若嫁我，我保證伊會快活一世人。」

「一個好跤好手的少年，應該搰力去拍拚才著，毋通啥物攏欲靠老歲仔。我毋是歹心，老歲仔食會死，錢銀用會完，著靠該己去拍拚才有前途！」

「等我娶某了後，才開始來拍拚抑擱𣍐晚啦。」

「你若是有這款想法，永遠會娶無某。」

「小莉，講誠實的啦，外口查某赫濟，我貓仔馬俊無數想別人，拄拄數想妳一個。」貓仔馬俊半真半假地說。

「若親像你這款貧憚少年，我看𣍐佮目啦！」小莉不屑地說。

「我知影，妳數想欲嫁予台灣兵仔，通去台灣食香蕉，著無？」

「著你的頭啦！」小莉順手拿起一節記分用的粉筆，向他的頭部丟去。

「妳若毋嫁予台灣兵仔，嫁我貓仔馬俊嘛𣍐歹。」貓仔馬俊厚著臉皮說。

「你誠實佮意我？」小莉笑著反問他說。

「當然的。」貓仔馬俊認真地說。

「你倒去叫恁母仔來阮兜講親情。」

「阮阿母老早著綴兵仔走去台灣吃蓬萊米啦。」

「叫恁老爸抑會使。」

「小莉，妳毋通騙我喔，別人毋敢我才是敢。」貓仔馬俊正經地說。

「我一定𠢕騙你，但是著叫恁老爸準備一點仔聘金。」

「這點無問題啦，阮老爸無啥物著是有錢。我有一個好額老爸，啥物人毋知影？只要妳敢開喙，講出一個數字，一定予恁夠、夠、夠！」

「貓仔馬俊，你毋通規身軀死了了，死佫賭彼支喙，靠來靠去抑是著靠恁老爸，你若是繼續按爾落去，毋免數想欲娶某啦！」小莉警告他說。

「小莉，我讀過中學，我有我的想法，毋是恁這小學讀無畢業的人會瞭解的。」貓仔馬俊神氣地說。

「夭壽喔，原來你貓仔馬俊是中學生，真是了不起哦，算我有眼無珠。」小莉挖苦他說：「但是誠不幸，別的中學生攏規規矩矩佇政府機關咧食頭路，你這個中學生是咧做鰻哥。平平中學生哪會差赫濟，實在有夠悲哀的！」

「妳佮阮老爸仝款，愛管人、擱愛嘈嘈唸，規氣妳嫁予阮老爸做細姨好啦！」貓仔馬俊說後哈哈大笑。

「按爾嘛誠好啊，予你貓仔馬俊來做媒人，」小莉頓了一下笑著說：「毋拄，毋拄……。」

「毋拄，毋拄，毋拄啥物啦？」小莉尚未說完，貓仔馬俊搶著說。

「毋拄，毋拄，毋拄你著先叫我一聲俺娘……。」小莉說後，自己笑彎了腰。

「恁娘咧，妳真敢死！」貓仔馬俊瞪了她一眼，「阮俺娘綴兵仔走，這個所在大大細細的人攏嘛知影，但是已經過去誠濟年啦，阮阿爸老早著共彼個猶查某放獪記啦。小莉，敢講妳毋嫁我、也是數想欲綴兵仔走？」

「貓仔馬俊，滾笑規滾笑，我共你講誠實的，恁阿母物事會綴兵仔走，一定有伊的想法佮原因，大人的事志，做序細的管獪著啦。但是徛佇朋友的立場，我一定著提醒你，你這個中學生若毋知通拍拚，冊是白讀的啦。若是逐日欲食毋討趁，暝日佮赫酒肉朋友浸佇撞球間，永遠無前途、無出脫。親像你這種少年，啥人敢嫁你，我看你這世人毋免數想欲娶某啦！」

「誠濟人叫妳三八小莉，但是咧我目睭內，妳一點仔嘛無三八，而且親像大姐彼一樣，攏咧勸人、鼓勵人。將來啥物人若娶著妳這個某大姐，一定誠幸福。」貓仔馬俊含笑地看看她，然後竟厚著臉皮說：「小莉，妳講我有這個機會無？」

「你毋通正事毋做，一日想空想縫，講講彼五四三的，毋驚予人笑死。」小莉白了他一眼，嚴肅地說。

「我是講誠實的呢。」

「我嘛是講誠實的……。」

第八章

儘管小莉經常給予開導、鼓勵，但貓仔馬俊始終是右耳聽、左耳出，依然我行我素，並沒有把它放在心裡。甚至趁著店裡沒人的時候，竟公然地對她毛手毛腳。起初，小莉原以為彼此開玩笑慣了，不小心碰觸到她的臀部或胸部，只要自己往後加以注意就好，因此並沒有和他計較。可是貓仔馬俊則誤以為、小莉不是愛他就是三八，要不是如此，為什麼吃她的豆腐她卻不哼聲。即使只是輕輕碰一下，也能滿足他對女性身軀的欲望，他何樂而不為呢。於是，貓仔馬俊爽在心裡口難開。

一個下雨天的晚上，貓仔馬俊夥同牛犅和水雞三人，喝完酒後有說有笑來到日日春撞球室。或許是下雨天沒有客人而較無聊，小莉竟伏在記分檯上睡著了。熟睡中的小莉，並沒有警覺到他們已進入店裡，只見貓仔馬俊用手指頭比著嘴，示意他們不要出聲，自己則躡手躡腳走到小莉的身旁，除了低頭聞了她一下髮香，又伸出鹹豬手撫摸她的雙峰，小莉被這突來的舉動猛而地驚醒，定神一看竟是貓仔馬俊這個無聊之徒。於是怒火從心中來，氣沖沖地斥著：「貓仔馬俊，你咧創啥物！」並順手搧了他一個耳光。

「妳這個三八查某，妳敢拍我！」貓仔馬俊撫了一下面龐，竟輕蔑地說：「輕輕仔挲一下，會死呢？」

「你獪見笑！」小莉氣憤地。

「小莉，妳目睭湘實在展無金，」牛犅竟然幫著腔，「妳無看妳彼兩粒，親像雞䏲胿彼大粒，是貓仔馬俊煞妳才欲挲妳；若是我，妳提錢倒貼我，我抑擱獪過癮。」

「從我生目睭，毋捌看著恁這查甫囝赫爾獪見笑！」小莉無懼於他們，竟手插腰高聲地說：「恁目睭去予屎糊著、看毋著人啦！雖然人叫我三八小莉，但是三八規三八，啥人若數想欲吃我的豆腐，共我試看覓！」

「恁娘咧，嬈查某假在室女，」水雞不屑地說，「親像妳這款嬈尻川的狷查某，欠人操啦，有啥物好嬈俳也！」

「獪見笑、獪見笑、獪見笑！」小莉咆哮著。

頭家聞聲從屋裡走出來，他善意地提醒他們說：

「三個少年的，恁講話毋通赫粗魯，按爾是誠歹聽。」

「無你的事志啦！」水雞揮了一下手，以囂張傲慢的口氣說。

「我是這間店的頭家，小莉是我請的店員，伊若是有得罪恁的所在，我共恁回失禮。」

頭家依然客氣地說。

「無你的事志著是無你的事志，你咧囉嗦啥潲！」貓仔馬俊怒指著他，並罵了一聲：

「恁娘較好咧！」

頭家已難以忍受這些年輕人如此無禮又囂張的行為，他緩步向他們靠近，而且邊走邊捲起袖子，復高聲地怒斥：

「恁三個噁少年，欺負一個查某囡仔，算啥物英雄好漢！」

三人相互看了一眼，並蠕動著唇角暗示著。

「怎樣，」牛犅指著他，囂張地說：「你𣍐克得是毋？抑是不服？」

牛犅說後，貓仔馬俊和水雞一起圍了上來，並傲慢地對著頭家說：「怎樣，你想欲怎樣？」企圖以人多之優勢恐嚇頭家。然而他們卻低估了情勢、看錯了人，以為頭家是一個善良好欺的老歲仔。如果真要打架，隨便他們其中一人，三兩下即可將他擺平。可是他們卻沒想到，頭家自小就跟著祖父習拳，其沉實的腿力，穩紮的步勢，虎虎生風的拳法，倘若像他們這幾個不知死活的年輕人，三五個也不是他的對手。他本想講他們兩句也就算了，想不到這些年輕人，竟是那麼地白目。

「恁這毋成囝，目睭展無金！」頭家說後，拳頭也跟著揮出去，不偏不倚正好打中貓仔馬俊的鼻樑。只聽他哎唷一聲，雙手摀住臉，鼻血直流，痛得轉身想跑，而在氣頭上的頭家，豈願輕易地放過他，竟又順勢踹了他一腳，然後對著牛犅和水雞說：「來，恁兩個湊陣來！」當兩人還來不及反應時，頭家又快速地償了他們一人一拳，而後說：「來，恁三個湊陣來，我一個老歲仔對恁三個少年家，若是毋敢，毋是恁老母生的、是狗生的！」

三人發覺情勢不妙，互使了一個眼色，貓仔馬俊驚恐地警告同夥說：「這個老歲仔𣍐磕得。」而後拔腿就往外跑。

「呸，」頭家對著他們踉蹌的背影，朝地上吐了一口痰，並高聲地丟下一句：「毋成囝，擱來試看覓！」

而此次事件，最倒楣非貓仔馬俊莫屬，即使牛犅和水雞都各自挨了一拳，但都沒有嚴重的傷勢。可是殘留在貓仔馬俊鼻樑裡的血跡，則因疼痛難忍而不敢擦拭，腫脹的上顎，亦非短時間內可消腫。因此，一回到家裡，馬上引起跛跤膨豬的注意。

「你又擱佮人相拍是毋？」跛跤膨豬關心地問。

「無啦。」貓仔馬俊別過頭，不敢正視他，只淡淡地說。

「無？」跛跤膨豬反問他，「你去照鏡照看覓，一支喙腫佫若豬哥的，若毋是予人拍，膾赫嚴重啦！」

貓仔馬俊低著頭，不敢哼聲。

「你看看你今年幾歲啦，頭路毋去食，一日到暗毋是跋筊著是啉燒酒，毋是浸佇撞球間著是四界趖。」跛跤膨豬氣憤地說出重話，「從今仔日起，你毋免數想欲共我討一箍銀，有種你著該己去討趁，恁爸無彼個義務飼你一世人！」

「阿爸，你千萬毋通受氣，毋通氣歹心命。」貓仔馬俊低聲地安慰他，並裝成一副可憐的模樣，「等我鼻仔的傷若好，我著會去揣頭路，我膾予你漏氣啦！」

「你這句話我聽誠濟遍啦，我生目毋捌看著一個少年人赫爾貧憚、赫爾膾食苦！」跛跤膨豬情緒激動地，「你摸摸良心看覓，恁爸一年三百六十五日，逐日上山落海做牛做馬咧拖磨，艱艱苦苦飼你這大漢，你攏無替我這個老歲仔想看覓，一日到暗騙東騙西，存心欲共我逆死。你是畜牲毋是人啦！」

「阿爸，我知影你真辛苦。」貓仔馬傻依然低聲地，惟恐再激怒他，「講誠實的，毋是我貧憚，嘛毋是我𣍐食苦，我嘛真想欲去食頭路，但是揣來揣去攏無較適合的，請你毋通受氣啦！我共你保證，等我鼻仔的傷若好，我一定會去揣頭路，趁錢予你開！」

「恁爸毋是三歲囝仔，你這套騙別人會使，毋免數想欲騙恁爸！恁爸共你看出出的，你這世人若是會改過，恁爸甘願做馬予你騎！」跛跤膨豬激動的情緒，絲毫沒有緩和。

「阿爸，你毋通擱受氣啦，若是氣歹心命，鄉里人會講我不孝，到時陣我欲怎樣來承擔這個責任。」

「恁爸若氣死，你上歡喜，草蓆捲捲的共填落海，省錢擱省事！」

「阿爸，我較早已經共你講過啦，有一日你若死，我會共你辦洛真鬧熱，予你風風光光上山頭。」

「你真有孝，」跛跤膨豬一陣詭譎的冷笑，「你的孝心天公祖有咧看，咱龕內的祖公祖嬤也有咧看，但是我毋敢數想、也毋敢領受啦！」

「阿爸，若是到彼日，你著事先共我講，你賭的錢銀囥佇陀位，若無，到時欲叫我去陀揣。」

「你想欲知影是毋？」跛跤膨豬故意地問。

「我是你的囝，當然嘛想欲知影。」貓仔馬俊期待著。

「囥佇恁祖嬤的墓空內啦！」跛跤膨豬火氣十足地說，「你一日無想啥物，拄拄數想恁爸的錢銀！」

「阿爸，你𣍐使按爾講的，」貓仔馬俊理直氣壯地，「爸母若是死去，錢銀當然嘛是留予該己的囝孫，毋敢講欲留予別人。」

「你講的雖然無毋著，但是照我的看法是按爾啦：送予一個有路用的人，較贏留予一個不爭氣的了尾仔囝！」跛跤膨豬憤慨地說。

「阿爸，我毋是一個像你想的彼種了尾仔囝，你若是死，共錢銀留予我著無毋著；初一、十五，我會共你燒香點火，過年過節，我一定會共你拜咯真鬧熱。尤其是你上愛食的『金針湯』佮『木耳膨卵』，我一定會記囥心肝內。阿爸，按爾你毋知有滿意無？」

「我滿意，我非常的滿意，飼著你這個有孝囝，我敢抑擱有啥物通𣍐滿意的。」跛跤膨豬不屑地，「你若數想欲得到我的錢銀佮家伙，去徛冇咱後壁山，面向恁祖公祖嬤的墓，佇赫戇戇仔想、沓沓仔等啦！」

跛跤膨豬的一番話，讀過中學卻又在外晃蕩多時的貓仔馬俊，焉有聽不出之理。然而，他並不十分地在意，自己是這個家庭中的獨子，只要有一天老歲仔去蘇州賣鴨卵，所有的田園厝宅和錢財，誰也不敢來侵佔，勢必全部歸他所有，此時，又何須和他計較呢？況且，外面的錢多得是，只要自己動點腦筋、用點技巧，不怕沒錢可花。當貓仔馬俊有如此的想法時，揣頭路對他來說或許只是應付父親的藉口。在他的想法裡，能玩且玩，能吃且吃，能喝且喝，青春不留白啊，一切留待將來再打拚也不遲。一旦老歲仔一命嗚呼，遺留下的錢也夠他享用好幾年，此時又何必那麼辛苦。

然而貓仔馬俊在遭受幾次皮肉之痛後並沒有得到教訓，跛跤膨豬試圖用各種方法予以開導依然起不了作用，難道這個孩子是先天的頑劣份子？還是欠教示的了尾仔囝？無論用什麼方法，仍舊不能引導他步入正途。這不知是貓仔馬俊的悲哀，還是跛跤膨豬心中的無奈？或許，一切必須歸咎於命運。

這段日子來，跛跤膨豬在夜深人靜時經常地想，如果當年沒有娶秋月那個二手貨，今天也不會被這個欲食毋討趁的了尾仔囝氣半死。而這個了尾仔囝不僅遊手好閒、不務正業，甚至鬼頭鬼腦、謊話連篇，其精靈的程度有時確乎讓他難以招架。他這種與生俱來的頑劣性向，可能是遺傳自副村長的基因，憑他和秋月，絕對生不出如此鬼頭鬼腦的子女。可是他的聰明卻不用在正途，而是與邪魔歪道共舞。即使他所作所為與副村長是兩種不同的形態，但俗語說：「有其父必有其子」真是一點也不錯。一個是把良家婦女搞大肚子而被撤職的老豬哥，另一個是在外招搖撞騙惹事生非的了尾仔囝。論理說，一生忠厚老實的跛跤膨豬，理應受到蒼天更多的關注才對，可是卻為了延續楊家的香煙，娶了一個曾經與人發生過關係的三八女子為妻，想不到這個女人竟又被兵仔以甜言蜜語給拐跑，留下一個與他毫無血緣關係的了尾仔囝來折磨他，真是情何以堪啊！

儘管跛跤膨豬心中有太多抑鬱和無奈，然而，貓仔馬俊豈能體會他的辛勞和處境？若依目前的情況而言，勢必也不會感念他二十餘年來的養育之恩。因此，跛跤膨豬對他已徹底地失望。自此之後，他已狠下心，不再給予他金錢方面的資助，甚至也懶得跟他說話，一切就由他去吧，反正又不是自己的親骨肉，餵養他的五穀雜糧，就猶如被老鼠和鳥兒吃掉一樣，沒有什麼好惋惜的。

於是，貓仔馬俊更加自由了，不再有人管他，不再有人嘈嘈唸，高興回家就回家，不高興就在外頭晃蕩，若要青春不留白，惟有此，他內心有無比的舒暢。即使他虛偽的假面早已被老歲仔看穿，如今已不可能重施故技以謊言來騙取他的金錢，可是他這招騙術在這個純樸的小島上仍舊管用，騙不到自家的老歲仔，島上還有許許多多的人可騙，他不愁沒錢可花用。唯一的就是不能再遇到像日日春撞球室那位練過「拳頭」的頭家，或是虎膦才仔那號人物，因為他曾經吃過他們不少苦頭。往後他的「目睭」必須要「展較金也」，才不致於被打得混身都是傷，倘若不是他較「蠻皮」，豈能忍受「鼻血雙管流」以及「喙唇腫佫若豬哥」的那種苦痛和醜態。

貓仔馬俊那招騙術雖然管用，但也只限定一次，同時數目不能太大。俗語說：「有借有還，再借不難」，如果只借不還，即使是自己的至親，也鮮少能再次借到，一旦獅子大開口，任誰也沒有那麼多閒錢放在家裡等人來借。然而，只要是別有用心，勢必知道其中之奧妙，貓仔馬俊已是老千，復加他便給的口才，三、五百或千把元，經常是他不費吹毛之力即可取得的囊中物。但是這種不義之財，來得快去得也快，真正蒙受其利的，或許是他那些有得吃又有得喝的狐群狗黨。然而「豎仔」及「鳥雞仔仙」的臭名聲卻不脛而走，往後勢將永遠加諸於他的身上。貓仔馬俊此生必須背負著這兩個人人欲誅之的惡名。

「秋叔公，我是跛跤膨豬的囝，阮爸是你的老主顧你毋知會記繪？」某天，貓仔馬俊來到秋記雜貨店，向頭家說。

「你是跛跤膨豬的囝？」秋叔公看看他，含笑而慈祥地說：「你看，時間誠實過了真緊，彼當時恁爸娶恁娘咧請人客的時陣，所有的雜貨攏嘛佇我店內買，平常時若是有鬧熱世事，伊攏嘛是佇我這咧交關。想繪到你已經這呢大漢啦，阮哪會毋老。」

「秋叔公，我有一項事志想欲麻煩你，毋知你有方便無？是按爾啦，阮朋友伊老爸破病欲徛醫院，臨時通知著交一千元的保證金，伊無帶赫濟錢，拜託秋叔公先借一千元予伊交保證金，我明仔日一定會提來還你。」貓仔馬俊急促地說。

「是啥物病哪會赫爾嚴重？」秋叔公關心地問。

「醫生講是歹病，可能著開刀。」貓仔馬俊撒著謊說。

「可憐喔，」秋叔公不疑有他，極其爽快地從抽屜取出錢，心生同情地說：「這千元你緊提去予伊交保證金，若有來街路買物件時，才順紲提來還我，毋免趕緊。」

「秋叔公，你實在是一個大好人，感謝你予阮朋友方便，我明仔日一定會提錢來還你。」貓仔馬俊接過錢後，彎腰作揖由衷地說。

「毋免客氣啦，」秋叔公不明底細，竟誇讚他說：「像你赫爾有禮數的少年人誠少，恁老爸跛跤膨豬教有起啦！」

「秋叔公你毋甘嫌啦！」貓仔馬俊故裝謙虛，「我緊提去予伊，才艙耽誤著時間。」復又向他深深地一鞠躬，自個兒傻傻地笑笑。而不明就裡的秋叔公，果真是肉包子打狗有去無回，就這樣平白損失了一千元？還是會把這筆帳記在跛跤膨豬的頭上，再尋機找他要？無論來日其結果如何，那筆錢已先祭了貓仔馬俊那群狐群狗黨的五臟廟。

「來、來、來，予焦啦、予焦啦！」貓仔馬俊已有了些酒意，「今仔日咱共這千塊拍予死，逐家食予飽、啉予爽！無醉無歸啦！」

「貓仔馬俊，你實在誠有辦法，膨豬伯仔的囝毋是咧做假的！」牛犅誇讚他說。

「我老早著共恁講過，阮爸無啥物著是有錢，可惜伊會曉趁、會曉儉，著是𣍐曉開，親像守財奴彼一樣。人生短短啦，若親像伊按爾，拚一世人嘛無彩工，又擱毋值䟽。若毋是我共伊湊開，將來伊若是去蘇州賣鴨卵，賭擱較濟錢嘛帶𣍐當去。唉，若是欲講阮老歲仔的歷史，三瞑三日嘛講𣍐完。」貓仔馬俊不屑地，復又神氣地說：「啉啦，啉啦，予焦啦，予爽啦，今仔日眾兄弟無醉無煞啦！」

「貓仔馬俊，你做人毋爾慷慨四海，嘛有肚量擱講義氣，你這個大哥實在做了誠起，交著你這個好朋友是阮的福氣啦！若無你，阮哪逐日有燒酒通啉。」水雞說後，把酒杯高高地舉起，「來，咱逐家敬大哥一杯！」

「予焦啦！」

「予醉啦！」

「予爽啦！」

眾人齊聲以高分貝的音調，興奮地說……。

第九章

逐漸地，貓仔馬俊行騙的招數已用盡，幾乎踱跤膨豬所有的至親好友都被騙過，其金額從一百八十到千兒八百都有。他們之於會受騙上當，純然是貓仔馬俊打著踱跤膨豬的名號，因為他除了忠厚老實又勤儉外，亦有不少的儲蓄，是一個道道地地的「好額人」；當然，亦有一些是基於親戚關係而不好推辭。可是貓仔馬俊在外的行為卻被蒙在鼓裡，根本就沒有任何一位親戚，主動向他提起兒子欠他們錢的事，直到前幾天在一位晚輩的喜宴上，與秋記雜貨店的秋叔仔同坐一桌，才被揭穿。

「恁囝馬俊這陣佇陀咧食頭路？」秋叔仔關心地問。

「秋叔仔，我毋驚你愛笑，這個了尾仔囝已經無路用啦！一日到暗騙東騙西、欲食毋討趁，狗兄狗弟一大堆，跋筊、啉燒酒、相拍逐項來。我已經講洛有喙無瀾，伊抑是𣍐改𣍐變。你講這個了尾仔囝抑擱有啥物路用？」

「敢有影親像你講的按爾？」秋叔仔沉思了一下，半信半疑，「毋拄外表看起來一表人才，喙花好，話嘛誠勢講。」

「秋叔仔，你所知的，我跛跤膨豬一世人毋捌講一句白賊話。毋是講這個了尾仔毋是我親生的，我咧講伊的歹話，拄著這種毋知寸進的了尾仔囝，我實在誠怨歎！」

「若毋是你這陣咧講，我實在看繪出……。」表叔仔看看他，欲言又止。

「秋叔仔，敢講你有聽著外口人講啥物？」跛跤膨豬已看出一些端倪。

「咱是該己，有一句話我繪使無共你講。」

「秋叔仔，有啥物話你註你講，我一定會接受。」

「馬俊這個囝仔，四界去共人借錢，這項事志你毋知知毋？」

「啥物，四界去共人借錢？」跛跤膨豬訝異地，「我毋知有這種事志。」

「伊借的攏是咱該已的親情朋友較濟，逐個看著你的面子，毋敢問你。」

「敢講這個了尾仔囝也去共你借？」

表叔點點頭。

「借偌濟？」

「無偌濟啦，一千元爾爾。」

「伊敢有講借錢欲創啥物？」

「伊講朋友的老爸破病欲徛院，臨時通知著交一千元的保證金，伊無帶赫濟錢，叫我先借一千元予伊應急，明仔日一定會提來還。可能是𣍐記的，若無到這陣已經半年外啦，攏無消無息。伊嘛用這種手法，共番婆姑借一千，共春嬌姨仔借千二，共番薯伯仔借五百，共……，算算的咱的親情五月佮朋友，幾乎濟濟少少攏予借過。」

「秋叔仔，我實在真對不起恁，這項事志我誠實毋知半項，我一定會問予清楚，予恁一個交代。這個了尾仔囝已經無藥通醫啦，古早人講『爸債囝還』，這陣煞變成『囝債爸還』。你若是知影咱的親情五月佮朋友有人借伊錢，請你共個講一下，這項事志我跛跤膨豬會設法來解決，該還的我一定會替伊來還，請逐家放心，也請逐家原諒。」

「這陣想想的，當初恁𡢃仔共你做這個親情實在毋著。」秋叔仔搖搖頭無奈地說。

「𡢃仔是為我好啦，若毋是伊，像我這種跛跤破相的作穡人，永遠毋免數想欲娶某。但是誠濟事志真歹講，想𣍐到彼個三八查某毋知見笑會綴兵仔走，又擱飼著這個別人生的了尾仔囝。這個囝仔若爭氣、捌想，我花費的心血也有夠值，可惜是一個欲食毋討趁的毋成囝。秋叔仔，有時想想的，實在怨歎無地講，將來若食老，毋免數想這個了尾仔囝會來飼我啦！」跛跤膨豬內心有無限的感慨。

「膨豬仔，你毋通怨歎啦，這個囝仔頭腦𣍐歹又擱精光，可能是交著歹朋友，才會變按爾。將來伊若是會曉想，著會變好啦，千萬著想予開，毋通絕望！」秋叔仔安慰他說。

「秋叔仔，伊今年已經二十外，會使講是大人大種，若是爭氣成材，老早已經娶某生囝，𣍐擱規暝規日佇外口咧放蕩。咱的話講：狗改變𣍐了食屎，這個囝仔已經無藥通救啦！」跛跤膨豬絕望地說。

「伊敢知影伊毋是你生的？」秋叔仔低聲地問。

「這個囝仔的自尊心誠強，若是知影，伊也毋敢問。有時若予我咧氣疼，誠想欲共伊講：你毋是我的囝，共我出出去！」跛跤膨豬憤慨地說。

「毋通，毋通，千萬毋通按爾做。你若是誠實欲共伊趕出去，飼伊二十外冬的苦心著白白了去。認真講起來，這個囝仔的本質應該𣍐歹才著，我想有一日，伊一定會想有、會改過！」秋叔仔又一次地開導他說。

唉，跛跤膨豬搖搖頭，歎了一口氣，沒再說什麼。

那晚，跛跤膨豬一直枯坐在大廳等候那個欲食毋討趁的了尾仔囝回來，他必須問清楚，到底騙了親戚朋友多少錢。即使心不甘情不願，但在百般的無奈下，「不肖子」所積欠的錢，不管金額多寡亦只好由他這個「有孝爸」來還。跛跤膨豬簡直愈想愈鬱卒，愈想愈氣憤，甚至打從心底發出如此的怒吼：「飼這個了尾仔囝，無湔路用啦！」

終於，貓仔馬俊帶著滿身酒味回來了。

「阿爸，赫暗你還沒睏喔？」貓仔馬俊瞇著無神的眼，好意地問。

「睏、睏、睏，睏一箍膦鳥！」跛跤膨豬難掩內心的氣憤，咬牙切齒，罵人的髒話脫口而出，跨上前就是給他一把掌，「恁老母較好咧，你騙恁爸𣍐要緊，竟然騙一四界！你存心欲予恁爸氣死是毋！」

「阿爸，」貓仔馬俊右手撫臉，皺著眉頭，故裝無辜地問：「你無事無志拍我創啥物啦？」

「你摸摸良心看覓，看恁爸怎樣對待你？你竟然赫爾𣍐見笑，走去共叔公、嬸婆、丈公、姑婆，清伯仔、榮叔仔……伊騙錢，你是人抑是禽獸？」跛跤膨豬指著他，怒氣沖沖地說。

「阿爸，你誤會啦，我毋是共伊騙，我是共伊借。」貓仔馬俊辯解著說。

「你啥物時陣共伊借？借偌久？有還無？」跛跤膨豬依然氣憤地追問著。

「我會還佪啦，彼點仔錢有啥物大不了！」貓仔馬俊理直氣壯地說。

「憑你這種欲食毋討趁的跤數，你啥物時陣欲還？你欲用啥物來還？」

「這種小事志毋免你老歲仔來煩惱啦！我早晚一定還，母錢加利息，會還咯清清楚楚，絕對𣍐欠伊一箍一角。阿爸，你安心啦！」

「恁爸聽你咧放臭屁！」跛跤膨豬狠狠地瞪了他一眼，「你規身軀死了了，死咯賭彼支膦鳥喙還未死！恁爸這世人欠你的死人債，才會飼你這個了尾仔囝！」

「阿爸，你毋通受氣啦，若氣歹心命，我欲怎樣向祖公交代。」貓仔馬俊放低姿態，柔聲地說。

「你毋免假有孝，恁爸共你看出出的，」跛跤膨豬的情緒，依然相當激動，「你共恁爸一條一條認認真真算予清楚，看看你到底欠人偌濟，想想你欲怎樣來還。你的面皮毋顧，恁爸抑擱欲佮人徛起，毋通拾死拾眾啦！」

「阿爸，無偌濟啦，」貓仔馬俊一副無所謂的樣子，「𣍐超出三萬元啦。」

「啥物？你講啥物？」跛跤膨豬依舊高聲地，「你擱共恁爸講一遍，大聲講一遍予恁爸聽！」

「阿爸，你大聲細聲火氣赫爾大，欲叫我怎樣講咧。」

「你明明是欲共恁爸活活氣死啦！」

「阿爸，你毋通亂亂想啦，天下哪有老爸予該己的囝兒氣死的。」

「你毋是我的囝啦！」跛跤膨豬此話一出，自知有點不妥。

「我毋是你的囝？」貓仔馬俊重複他的語氣，「我若毋是你的囝，敢是阮彼個綴兵仔走的老母，去佮人偷生的？」

「囝仔人莫講彼五四三的啦。」跛跤膨豬的語氣似乎已較緩和。

「阿爸，你實在誠趣味，你受氣的時陣罵我大人大種，我問你的時陣你講我是囝仔人；我明明是你生的，你講我毋是你的囝。我看你有一點仔老番顛！」貓仔馬俊笑著說，也同時讓緊繃的氣氛緩和了不少。

「恁爸老番顛毋拄會食擱會做，你赫精光可惜欲食毋討趁。你毋免共恁爸上這課，明仔日緊去算看覓，欠人偌濟錢緊提去還人較要緊！」

「阿爸，你欲提錢予我還是毋？」貓仔馬俊以試探的語氣問。

「你睏罔睏，毋通陷眠啦！」跛跤膨豬高聲地說。

雖然，跛跤膨豬的語氣強硬，但內心似乎已軟化了不少，不替他還行嗎？往後他將如何做人？如何面對被欺騙的至親好友？倘若要怪，只有怪自己養了一個不爭氣的了尾仔囝，其他受害者又何辜呢？

可是，今天替他擦完屁股，並不代表明天他不再拉屎。儘管他曾經試圖以斷絕他的財源來牽制他的行為，其目的是想看看他、從此之後是否會有所收斂或改變，但這個了尾仔囝不僅一副無所謂的樣子，甚至使出的花招更是無奇不有，向親戚借錢更是他料想不到的事。尤其是一個不務正業的毛頭小子，竟能以其三寸不爛之舌，打著自己父親的名號，取信於年老的長輩，騙取金錢供自己花用，其行為的確令人不齒。可是再怎麼地不齒，貓仔馬俊畢竟是跛跤膨豬的兒子，這是不爭的事實。即使非他親生，然而此時此刻，無論是在名份上、道義上，或法律上，他都無法逃避「父親」這個既定的角色和應負的責任。況且，孩子並非天生的了尾仔囝，他之於會變成這副模樣，身為人父，必須擔負疏於管教之責。自古以來就有「養不教，父之過」的明訓，故此，他似乎找不出一個正當的理由來推卸這個責任。

誠然，即使貓仔馬俊與跛跤膨豬沒有一點血緣關係，但貓仔馬俊實在太瞭解自己的父親了。他早已料想到，一旦這件事情曝光，父親勢必會站出來替他收拾殘局，絕對不會放任不管。唯一的或許是要被他臭罵一番、訓一頓。可是在聽多了老歲仔的嘮叨和訓示後，他似乎早已麻木了，根本不把它當一回事。而且他還深深地感受到，當老歲仔正在氣頭上時，他的身段必須放柔軟，萬萬不可和他硬碰硬，就任由他罵個痛快，訓個過癮，如此一來他便沒轍。倘若自知理虧則又白目地和他對立叫囂，必定沒有挽回的餘地，更別說有好下場。這也是近幾年來，他和老歲仔之間，發生無數次衝突後，領悟到的真理和吸收到的經驗。認真說來，老歲仔實在可憐，一生勞碌歹命，好不容易存了一點棺材本，遲早會被他這個欲食毋討趁的了尾仔囝花光光。

翌日一早，貓仔馬俊看見跛跤膨豬肩上挑著一擔「豬屎尿」正要起步，連忙走過去。

「阿爸，我來擔、我來擔。」

「你來擔？」跛跤膨豬不屑地看了他一眼，「你敢有彼個氣力？」

「阿爸，我比你較大箍，無問題啦！」貓仔馬俊神氣地說。

「來，欲擔予你擔，」跛跤膨豬小心翼翼地把「粗桶擔」放下，以嚴肅的表情說：「你每擔一擔豬屎去山，潑园咱的田內，我替你還一百箍。」

「阿爸，我昨暝算算的，攏總欠人二萬九千七百箍，這陣擔一擔你才欲替我還一百箍，我看等我予粗桶擔壓死，抑擱還𣍐完。」貓仔馬俊失望地說。

「擔一擔豬屎尿一百箍，世間上敢有赫好康的事志？」跛跤膨豬輕視地看著他，並重重地說：「恁爸共你看出出的，你無才調啦！」

「阿爸，我已經共你講過，等你若去蘇州賣鴨卵，咱兜的田園厝宅當然嘛是我來繼承，到時受到環境所逼，我一定會揩力來拍拚。」

「我老早著共你講過，你這陣若毋揩力去拍拚，一日到暗數想欲得我的田園厝宅，我擱重新共你講一遍：去徛囥咱後壁山，面向恁祖公祖嬤的墓，佇赫戇戇仔想、沓沓仔等啦！」

「阿爸，無人比我擱較瞭解你，你人好心軟，我相信有一日，你若是去天頂做佛，你所有的家伙佮錢銀，一定會留予我。」

「你毋免共我呵咾，」跛跤膨豬瞪了他一眼，「恁爸雖然無讀冊，但是捌世事、明是非，無論做啥物事志，絕對𣍐受著別人三兩句好聽話的影響。」

「阿爸，我是實話實講，毋是咧呵咾你，因為無人比我擱較瞭解該已的老爸。」

「既然瞭解，為啥物毋聽恁爸的話？」

「有啊，我有聽你的話啊！」貓仔馬俊辯解著說：「阿爸，你想看覓，每一次你罵我，我毋敢應喙；你拍我，我毋敢還手，攏嘛乖佫若狗的，隨在你咧拍罵。」

「我無事無志會罵你、會拍你嗎？恁爸毋是食飽傷閒，也毋是神經病！我今仔日擱共你講一遍，人雖然無十全十美，但是做毋著事志著會曉通反省、改過，才是男子漢大丈夫。你是一個巧巧人，但是『巧』著用咧正途才有路用，若是用毋著所在，擱較『巧』也是廢人一個。」

「阿爸，你這套大道理我聽誠濟遍啦……。」貓仔馬俊尚未說完。

「聽赫濟遍抑擱膾曉通改，佮柴頭有啥物無仝，攏是你的理由啦！」跛跤膨豬毫不客氣地說。

「阿爸，你看、你看，咱講無三句話，你的烘火又擱欲舉起來啦！按爾對身體無好，你知毋？」貓仔馬俊極其識相地，並以輕鬆的口吻說。

「有好無好毋免你煩惱，」跛跤膨豬不屑地看了他一眼，「恁爸若死，你上歡喜！」

「阿爸，人食老攏嘛會死，這種事志無啥物通歡喜的啦。我上煩惱的是你若死，無人通煮粥予我食，衫褲著該己洗，而且你也無共咱兜的錢銀共我交代清楚，到時欲去陀提錢來買棺材。」

「你的想法誠著，講起來嘛有影，我應該著先共赫錢銀交予你保管，若無到時我目睭若閉落去，真可能會共我扛去山頭予狗拖。」跛跤膨豬故意說。

「阿爸，你想開啦，著毋？我毋是共你講過，無人比我擱較瞭解你，因為你是我的老爸。」貓仔馬俊興奮而急促地，「阿爸，銀行的存單佮金器，先提來予我保管著著啦！」

跛跤膨豬搖搖頭，面對這個了尾仔囝，真是欲哭無淚。然而，他會輕易地把銀行的存單與黃金交給他保管嗎？除非他死或萬不得已，要不，依目前的情況和貓仔馬俊所作所為，那是不可能的。跛跤膨豬的一番無心話，只是讓那個欲食毋討趁、卻又喜歡做白日夢的了尾仔囝，空歡喜一場而已……。

第十章

一生勞碌歹命的跛跤膨豬，這輩子的確是欠貓仔馬俊的債，不得不於年前帶著錢，以及一串「索仔股」和一串「枷車餅」，親赴諸至親好友之住處，除了償還貓仔馬俊向他們借的錢外，也向他們致最虔誠的歉意；並同時請求他們，往後無論這個了尾仔囝用什麼冠冕堂皇的理由，務請他們不要再把錢借予他，以免破壞親戚間的感情，以及讓他在外衍生更多的事端。諸親友亦多能感受到他的誠意與體會到他的苦心，貓仔馬俊這條「生財」之路，爾後勢必因此而斷絕。可是他會就此而徹底地悔悟嗎？還是願意聽從跛跤膨豬的勸告而改過向上？在自尊心與優越感的驅使下，短時間似乎是不可能的，跛跤膨豬的心裡早已有數，故此貓仔馬俊休想從他父親手中取得一分一毫去花用。

貓仔馬俊的騙術相繼地被拆穿後，他並沒有因此而死心，依舊是一副大阿哥的模樣。然而他生來就是一張「虎膦喙」，在騙過自己的父親與諸親友後，原以為已到達了窮途末路之境地，但他窮則變、變則通，大錢騙不到卻來騙小錢，小錢累積起來就是大錢。於是他緊緊地抓住純樸鄉親富有同情心的弱點，從千兒八百下修至百兒八十，只要他一開口，或多或少鮮少空手而歸。

「頭家，拜託、拜託，阮爸昨暝腹肚痛又擱落屎，伊叫我來買藥，因為趕車𣍐記帶錢，拜託你先借我三百箍，我明仔日一定會提來還你，若無，我出去會予車撞死！」

「少年也，你千萬毋通按爾講。來、來，這三百箍你先提去買藥，若有來街路再提來還我，𣍐要緊啦！」

於是，三百元騙到手後沒還，他並沒有被車撞死。

「這位大哥，拜託、拜託，阮老母頭殼痛咯強欲死去，交代我共伊買四包五分珠，三包檸檬精，二罐虎仔油，我欲出門的時陣，明明共錢囥佇褲袋仔內，這陣無因致端煞揣無。你好心好行先借我二百箍，我明仔日一定會提來還你，若無，我會予共匪的大砲拍死。」

「毋通講赫三八話啦，二百箍也毋是二千箍，予你佇這咒死折誓著歹勢啦！」

於是，二百元騙到手後沒還，他依然活得好好的，亦未曾被共匪的大砲打死。

「姊仔，實在真歹勢，阮小弟去予跋倒，規身軀攏是傷，又擱流誠濟血，這陣佇衛生院咧糊藥，醫生講著買一點仔補品予伊食。我趕緊帶無夠錢，姊仔妳先借我五百箍好無，我明仔日一定提來還妳，若無，阮兜規家口會死了了。」

「可憐喔，後次叫伊走路著較細膩的。看你這個人忠厚老實、喙花擱好，這五百箍你先提去用，有出來才提來還我，毋免趕緊。千萬著記的，毋通予伊的傷口浸著水，若無會發炎。」

於是，五百元騙到手沒還，他仍舊逍遙自在地遊戲人間，跛跤膨豬則是上山下海為家而忙碌，規家口並沒有死了了。

貓仔馬俊如此地一而再、再而三騙取鄉親的金錢去花用，確實是可惡到了極點。因此，他的惡名一傳十、十傳百，已傳遍島嶼的各個角落，善良的鄉親願意把錢借予他，可說是基於同情而非白癡。往後他們勢必會睜大眼睛，認清此人的真面目，絕對不會再受騙上當。

然而，畢竟是旁觀者清當局者迷，當貓仔馬俊食髓知味想重施故技時，終於又一次地踢到鐵板。

「貓仔馬俊，你共我記的，毋通愈食愈煞喙！」警告他的是一個瘦弱毫不起眼的年輕人，他的綽號叫火把。

「我有食你嗎？」貓仔馬俊不把他放在眼裡，反問他說。

「你這個毋成囝，一日到暗騙東騙西，共恁跛跤膨豬的面子卸了了！」火把不屑地指著他說。

「這是我兜的事志，佮你啥物地代？」貓仔馬俊不甘示弱地說。

「你擱講一句，你擱講一句看覓？」火把怒指著他說。

「我佮你無冤無仇，你無事無志揣我啥物膦鳥麻煩？」貓仔馬俊毫不客氣地說。

「你別人毋騙，偏偏騙著阮姊仔。」火把伸出手，厲聲地說：「五百箍提來還，若無者，你看恁爸會修理你嬒！」

「你欲修理我，是毋？」貓仔馬俊指著自己的鼻尖反問他說。

「五百箍提來還著無事志！」火把強硬地說。

「若毋還呢？」貓仔馬俊傲慢地反問。

「你敢誠實彼鴨霸！」火把說後快速地衝上去，趁著貓仔馬俊不備時，就朝著他的臉部重重地揮了一拳，而這一拳正好擊中他的右眼，打得他頭昏眼花，待他定神想加以反擊時，火把又快速地朝他的頭部補上一拳，並以右手掐住他的脖子，復伸腳一拐，把他扳倒在地。屈居劣勢的貓仔馬俊，幾乎沒有反抗的餘地。

「五百箍欲還抑是毋還？」火把以嚴厲的口吻問。

「彼點仔錢有啥物大不了！」他心不甘情不願地說。

「我限你明仔日提五百箍去還阮姊仔，若無，恁爸著拍予你半死！」火把警告他說。

貓仔馬俊的確低估了情勢，原以為火把瘦弱好欺，根本就不是他的對手，想不到竟會成為他的手下敗將。火把矯健靈活的身手與敏捷的反應，確乎也是他意想不到的。然而，此時即使被他壓倒在地，但他仍舊想做最後的掙扎和反抗，試圖予以反擊。可是在火把強力的壓制下，依然不能得逞，因此不得不俯首稱臣。於是，他又一次地遭受到皮肉之痛，除了右眼有一大塊淤血，手腳也有多處擦傷，被緊掐的脖子亦有明顯的傷痕和不適，貓仔馬俊在驟然間，已從英雄變狗熊。挨了一頓打，還得吐出五百元，真是何苦來哉。而如此之狼狽相，回到家裡，難免又要遭受到跛跤膨豬的一頓臭罵。

「你又擱佮人相拍是毋？」跛跤膨豬氣憤地問。

「伊拍我一下，我還伊兩拳，三兩下著予倒咧塗跤歇睏！」貓仔馬俊比手畫腳地說。

「看你目箍烏青淤血，跤手也有傷，敢是像你講的按爾？」跛跤膨豬故裝不解。

「阿爸，我𣍐騙你啦！」貓仔馬俊有點不耐煩。

「你毋是𣍐騙我，是毋敢騙我，但是毋敢騙我，無代表你𣍐去騙別人。你的騙名騙聲已經規四山坪攏知，若是毋知通改過，想欲繼續騙落去，你會予人拍半死！」跛跤膨豬又一次地警告他說。

「阿爸，我早著共你講過，我毋是騙，是借……。」貓仔馬俊強辯。

「你共恁爸煞煞去！」跛跤膨豬激動地，「你咧變啥物稍蠓，該己心內有數，若是騙毋煞，予人拍死無人會可憐你啦！」

「阿爸，無赫嚴重啦！」貓仔馬俊試圖把它淡化。

「有嚴重無嚴重，毋是你彼支膦鳥喙講講的著會準算的！」跛跤膨豬情緒激動而憤怒地，「恁爸這陣予你兩條路：第一條、你徹底改過，若是毋去食頭路，著綴我來去山作穡；

第二條、你共恁爸搬出去，從今仔日起，咱爸囝關係一刀兩斷，恁爸無你這個欲食毋討趁、又擱四界騙人的了尾仔囝！」

「阿爸，你毋通受氣，千萬毋通受氣，按爾會氣歹心命！」貓仔馬俊不敢再怠忽，極其鄭重地說：「我共你保證，等我目箍烏青若好，一定會去揣頭路，你千萬毋通受氣。」

「這句話是你親喙講的，到時若無者，恁爸若無共你趕出門，我倒囥塗跤予你踢！」跛跤彭豬語氣堅決地說。

「我𣍐予你漏氣啦！」

「按爾上好，若無你共恁爸試看覓！」

貓仔馬俊心裡已有數，深知此次父親絕不會再饒恕他。而且長年在外招搖撞騙，該騙的已騙了，不該騙的也騙了，其狐狸尾巴早已顯露無疑，鄉親豈會再受騙，因此，他這個招數似乎已不管用了。然而，當他有心想找一份工作來消消父親的氣時，卻因多數人已知道他的底細而四處碰壁。

「阿爸，我四界佇揣頭路，你是親目看著的。但是毋知怎樣，人攏毋請我這個中學生。」貓仔馬俊無奈地說。

「毋是人毋請你，是你尻川頭彼條狐狸尾已經出現啦！逐家看著你親像看著鬼彼一樣，攏咧提防你，驚擱予你這個毋成囝騙去。」跛跤膨豬毫不客氣地說。

「既然逐家看我衰潲，我決定毋去食頭路，欲跟你來去山作穡。」貓仔馬俊正經地說。

「有影無？」跛跤膨豬半信半疑。

「男子漢大丈夫，講話算話，」貓仔馬俊拍著胸脯說：「有影！」

儘管貓仔馬俊信誓旦旦地拍胸脯保證，但跛跤膨豬則依舊只是聽聽而已，豈敢對他寄予厚望。固然，自古有「浪子回頭金不換」這句話，然而在短時間內，想讓一個誤入歧途的浪子回頭，並非是一件容易的事，除了要歷經一段時間的觀察外，亦要有實際行動和作為，始能獲得肯定。倘若心口不一，光靠嘴巴說說而已，又能算什麼浪子回頭呢？但願跛跤膨豬心中的了尾仔囝，能體會他的苦心，從此之後改過自新，安份守己、努力向上，即使目前不能被社會接納，總有一天勢必會得到認同，這是跛跤膨豬衷心的期待。

果真，貓仔馬俊捲起褲管、戴上斗笠，開始跟隨跛跤膨豬上山下田工作。而可憐，出生於農家的他，對農耕竟是那麼地懵然無知，幸好跛跤膨豬對他的要求並不苛刻，唯一的是要他認真學習、好好耕耘，一旦他百年後後繼有人，以免先人遺留下來的那幾畝田園荒蕪，成為被牛羊啃食和踐踏的草埔。

若依體型而言，貓仔馬俊遺傳自他那個北貢副村長，長得高頭大馬，可說是作穡的好料子。而跛跤膨豬除了體型較小外，又必須克服身體殘障的缺陷，他之於能長年與這片土地為伍，靠的是堅強的毅力以及對這片土地的認同。如今有了貓仔馬俊這個好幫手，較笨重的工作理應由他來擔負，無形中，他肩挑的重擔已沒有之前那麼地沉重，這何嘗不是他夢寐以求的呢？尤其在他坎坷的人生歲月裡，自小失怙又失恃，雖然娶了一個帶球來的智障女為妻，可是她卻跟著兵仔跑，留下一個非他所生的孩子與他相依為伴，難道這就是他的宿命嗎？每當想起這件事，跛跤膨豬內心的確是百感交集。

如果孩子能好好讀書，力爭上游，學成後無論從事任何行業，以他的智商而言，勢必會有一番作為，一旦他年老，亦有一個依靠。可是他偏偏不學好，好不容易考上初中，卻在學校惹事生非、不求上進，終至遭受退學的命運。復又在外花天酒地、打架滋事、招搖撞騙，替他製造許許多多的困擾，讓他在親友面前抬不起頭來。養了這麼一個成事不足、敗事有餘的了尾仔囝，不僅是他此生最大的遺憾，更是他內心難以撫平的傷痛。

如今，孩子終於在外得到教訓而有所悔悟回到他的身邊，若以先人遺留下來的田園厝宅而言，往後只要父子兩人同心協力、勤於耕耘，除了自給自足外，絕對還有剩餘，他銀行裡的存款，家裡那幾兩黃金，不就是這樣來的嗎。即使必須付出辛苦的代價，但世上焉有不勞而獲者。況且，孩子已達適婚年齡，只要有合適的對象，他一定會盡快地替他娶親，好延續楊家的香煙。即使他不是自己的骨肉，自小則是由他撫養長大，一份無所取代的父子之情已然衍生。但願孩子不要再好高騖遠，能安安份份守住先人遺留下來的田園厝宅，憑恃著自己堅強的毅力，日出而作、日入而息，努力不懈把它發揚光大。如此，始無愧於先人蓽路藍縷艱辛打造這片家園的苦心。這何嘗不是一個為人父者的心聲？

貓仔馬俊能徹底地悔悟，並從一個欲食毋討趁的了尾仔囝，變成一個辛勤耕耘的農夫，的確讓村人深感訝異。然而，儘管尚有許多人充滿著疑惑，但事實就擺在眼前，他已取代跛跤膨豬所有的粗重工作，甚至回到家裡，除了餵養家禽與家畜外，還主動分擔了部分家事與瑣事，與之前相較，可說判若兩人，看在跛跤膨豬眼裡，更是別有一番滋味在心頭。

逐漸地，跛跤膨豬對他非僅沒有戒心，甚而充分地信任他。在這段時間裡，無論是賣家畜、家禽或農作物的錢，悉數交由他這個「捌字」的中學生，以他的名義拿到銀行去儲存，而存款單和存款簿以及印章，亦由他自己保管，以備將來結婚之用。從種種跡象顯示，跛跤膨豬簡直對他充滿著無數的希望，甚且夢想他已卸下肩頭的重擔，田裡的工作由他來擔負，自己逍遙自在地坐在大廳的椅子上頤養天年。家中有一個賢慧孝順的媳婦幫他倒茶添飯，又有一個乖巧的孫子叫他阿公，果真如此，他此生又有何憾。可是一切是否能如他所願呢，倒也不見得。他唯一擔心的是，孩子是否真能從此改過自新，並安於現狀努力耕耘，甘心做一個純樸善良的農夫？還是過不了多久，又會禁不起外面的誘惑而故態復萌？凡此種種，都必須經過時光的沉澱與長期的觀察始能下定論。只因為人生往往充滿著難以預料的變數，所謂蓋棺論定，自有它的道理存在。

第十一章

隨著時光的消逝，貓仔馬俊已將邁入三十而立之年。儘管跛跤膨豬央請媒人四處為他物色對象，但人家中意的、貓仔馬俊不一定喜歡，他喜歡的、人家不一定中意，故而一拖再拖、一延再延，以致婚事遙遙無期。而人家不中意的原由眾說紛紜，即使跛跤膨豬的為人沒話說，經濟方面也不是問題，其主要的原委或許是貓仔馬俊「歹底」，又是秋月討副村長所生而「歹名聲」。在保守的傳統社會，為免落人話柄，鮮少有好人家的父母為貪圖人家的財富，把女兒嫁給一個查甫囝仔「歹底」、又沒有「大家」，復又「歹名聲」的複雜家庭。而一些家境較貧窮，容貌較不起眼的女孩，貓仔馬俊豈會把她們看在眼裡，這似乎也是他遲遲未婚的原因。

當兩岸軍事不再對峙時，當反攻大陸的號角不再響起時，政府終於開放人民可以到大陸探親及觀光。復隨著兩門對開與小三通的啟航，一些經濟較寬裕的島民，更是紛紛隨著觀光團到大陸旅遊。而旅行社在商言商，在招攬顧客的時候，往往都會選擇較有消費能力的鄉親加以遊說，跛跤膨豬因「長短跤」復加年老不良於行，當然不會找上他，貓仔馬俊則是他們招攬的對象。起初他都因田裡的工作繁忙，抽不了身而予以婉拒，但禁不起旅行社人員與朋友不斷地遊說，他終於將這個信息告訴父親。

「阿爸，有人講欲相招去廈門佚陶，你毋知有意思欲去行行看看的無？」貓仔馬俊極其懇切地說。

「我老啦，規身軀毋是瘦著是痛，無彼個氣力、嘛無彼個命通去佚陶。這世人行𣍐出咱徛的這塊土地一步啦。」跛跤膨豬坦誠地說。

「聽講廈門這陣誠鬧熱，四五十層的大樓誠濟間，佮較早比起來進步誠濟。內面人嘛毋是像古早兵仔講的，大陸同胞穿草鞋，無飯通食。」貓仔馬俊笑著說。

「內面所在大，啥物物件攏有，才會進步赫緊。」跛跤膨豬說後，看看他，「你若有伴想欲去行行看看的，我𣍐反對啦！」

「阿爸，誠實的呢？」貓仔馬俊興奮地，「阮朋友鳥鼠清仔伊有咧招我，看我有欲湊陣去佚陶無。」

「有伴湊陣去行行看看的也好，田內的穡頭是永遠做𣍐完，作穡人若欲等咯有閒工，永遠毋免數想欲出門。」跛跤膨豬坦誠地說。

「阿爸，你若欲予我去，我著欲去準備像頭通辦手續。」貓仔馬俊說後頓了一下，「厝內的事志毋知你有法度通發落無？」

「去啦、去啦，少年人出去行行看看啦，厝內的事志我會該己來發落，毋免你煩惱啦！」跛跤膨豬率性地說。

「阿爸，聽講旅費著二萬外箍。」貓仔馬俊似乎有點擔心。

「二萬外箍著二萬外箍，抑毋是咧開艙起啦！」跛跤膨豬無所謂地說：「時機無仝款啦，錢沓沓仔薄去了，這陣二萬外箍已經無算啥物，若是欲揹力去拍拚，欲趁二萬外箍也是三兩下半，僅驚是驚貧憚又擱欲食毋討趁。」

聽到「貧憚又擱欲食毋討趁」這句話，貓仔馬俊隨即羞愧地低下頭。

「除了旅費二萬外箍，你著擱帶淡薄仔囥咧身軀邊通用。」跛跤膨豬叮嚀著說。

「有地食，有地徛，毋免帶傷濟錢啦。」

「出門毋比佇咱兜，加帶一點仔有時通用，用賰的才擱帶倒來也無加工。若是到時欲用錢才去共別人借，按爾著歹勢啦。」

「阿爸，你講的也是著啦，咱桌屜內抑擱有三萬五的賣豬錢，我還未提去銀行存。這錢除了旅費外，抑擱有萬外箍，我攏總共伊帶囥身軀邊，用賭的才帶倒來。」

「按爾著著啦！」

「你敢有欲買啥物？」

「無啦，講實在的，這陣交通真利便，街路店頭逐項有，若有錢，欲買啥物物件攏嘛買會著，佮古早完全無仝款啦。」跛跤膨豬說後搖搖頭，又感歎地說：「從民國三十八年國軍撤退了後，兩岸著𣍐通，共匪又擱用大砲來拍咱金門，予咱百姓損失真悽慘。」

「人講戰爭真正的輸家，攏是咱百姓人，實在無毋著。」

「從九三、八二三到六一七這三次砲戰，死傷的人佮畜牲實在算𣍐清。誠濟老大人若講起這段歷史，心肝頭這口氣，擱較怎樣嘛吞𣍐落去。」跛跤膨豬有感而發地說。

「時機咧變實在予人想𣍐到，聽講較早兵仔若咧點名，攏嘛唱『打倒俄寇反共產，消滅朱毛殺漢奸』佮啥物『大陸是我們的國土，大陸是我們的家鄉，我們要反攻回去，把大陸收復』，若是以這陣這種時勢來講，誠實真好笑。」

「較早徛佇咱鄉里彼北貢兵，攏嘛老神在在咧講，蔣總統從大陸帶個出來，一定會擱帶佃倒去。可惜一等幾十年，有誠濟獪等的北貢兵攏嘛死咧台灣。上可憐的是，連彼個蔣總統佃爸仔囝嘛去做佛啦，毋免數想會帶佃倒去！」

「阿爸，這種著是大時代的悲劇，俗語話講『人算不如天算』，實在有伊的道理。這陣離和平的跤步已經誠近啦，聽講誠濟退伍留咧台灣的老兵，攏嘛相招倒去大陸探親。幾十年無見面的親人，相見時逐個攏嘛歡喜佮流目屎。」

「你講的這我會理解，人生上可貴的著是親情，親情嘛無啥物通代替的。像咱這種爸囝情，嘛毋是一日兩日建立起來的，是經過二三十年的瞭解，才有今仔日。」

「阿爸，講著爸囝情，我誠實真對不起你。較早毋捌想，做誠濟毋著的事志，予你咧氣疼佮煩惱。這陣認真想想的，實在誠見笑。」貓仔馬俊極其感性地說。

「過去的事志著予過去，這陣會曉通思過，會曉重新來做人，算起來抑擱獪晚啦！講實的，祖公留落來的田園厝宅也獪少，我食會老，嘛帶獪去，將來這田園厝宅攏總是你的。你若毋捌想，毋搰力去拍拚，放予伊荒廢去，除了可惜外，嘛對不起咱祖龕內的祖公祖嬤。」

跛跤膨豬微歎了一口氣，又繼續說：「這幾年來，咱攏感受會著，從你收心改過了後，安安份份佇咱兜共我湊相共，無論五穀佮番薯芋的收成，抑是菜豬佮雞鴨賣的價錢，會使講比較早好誠濟。這是天公祖咧疼惜咱，咱著會曉通感恩。雖然我趕緊欲共你做一個親情，予你有一個家口，我嘛通抱孫。但是這種事志誠歹講，可能是緣分還未到，才會拖到這陣抑無消息。」

「阿爸，娶某的事志沓沓仔來，毋免趕緊啦！」貓仔馬俊有些不好意思。

「你今年幾歲啦？我這個老歲仔有通擱食幾年？你雖然無趕緊，但是我趕緊欲抱孫啊！」跛跤膨豬有些兒急促，「你若是娶某了後，我著欲共咱兜的家事佮穡頭，放予恁翁仔某來扞。我老啦，無氣力啦，欲歇睏啦！」

貓仔馬俊無語地看看父親，看到的是一個滿面風霜的孤單老人，想想之前的荒唐行為，不知為眼前這個可憐的老人，增添多少憂愁和雪霜。幸好自己能及時回頭，才免予衍生出更多的憾事。然而有一個隱藏在心中多年的疑問，似乎也應該利用這個機會問個清楚。

「阿爸，較早聽人咧講，講阮母仔嫁予你無滿一月日，我著出世，敢有這種事志？」

跛跤膨豬一怔，一時不知如何回答，是誰那麼無聊告訴他這件事。

「誠濟人咧講，我生了佮你無仝面。」貓仔馬俊又說。

「世間真濟事志誠歹講，咱爸仔囝雖然無仝面，但是愈來愈同心。」跛跤膨豬試圖避開話題，「你緊去準備像頭通辦手續，綴人去廈門行行看看才是真的，大人的事志毋免問傷濟，等有一日我若死，外口人自然著會共你講。到時你相信也好，毋相信也好，人生本來就無十全十美，若計較傷濟，是該己揣煩惱。」

「阿爸，無管過去是怎樣，我是你飼大漢的，你是我永遠的老爸！」貓仔馬俊內心似乎有無限的感慨，「講實在的，從細漢我佮阮阿母著無啥物感情，想𣍐到伊擱綴兵仔走，予我真見笑。今仔日佇這個世間上，你是我唯一的親人，雖然我捌予你罵過、拍過，但是你是為我好，這陣我心肝內除了感恩，絕對無一點仔怨恨。阿爸，我𣍐擱予你氣身惱命啦！」

「你這個了尾仔囝，愈來愈會曉、愈來愈捌想啦，我無白飼你！」一絲喜悅的微笑，輕輕地掠過跛跤膨豬的唇角。

當父子兩人四目相望時，情不自禁地會心一笑。

然而這些話言猶在耳，一趟廈門之行貓仔馬俊竟又「變款」。

貓仔馬俊在廈門旅遊期間，除了按照旅行社安排的行程四處觀光外，一回到下榻的酒店，晚上的餘興節目則由與他同住的朋友烏鼠清仔來安排。烏鼠清仔已多次到大陸旅遊，廈門的次數更是頻繁，可說是識途老馬。而貓仔馬俊之前亦是一個欲食毋討趁的佚陶人，即使現時已有重大的改變，但或許定性不夠，只要有人加以慫恿，似乎很快地又會故態復萌。

「咱洗好身軀湊陣來去KTV唱歌。」晚餐後，鳥鼠清仔告訴他說。

「我𣍐曉唱啦！」貓仔馬俊推辭著說：「欲去你該己去。」

「傻瓜潲，」鳥鼠清仔罵了他一句，笑著說：「𣍐曉唱歌湊陣來去佚陶，看看查某嘛爽。」

「去彼種所在著開錢呢，我看莫去啦！」

「貓仔馬俊，恁兜好額是眾人知影，趁錢毋開是戇人，毋通做一世人守財奴，若是按爾是無潲路用啦！」

「錢歹趁啦，」貓仔馬俊正經地說：「較早毋知趁錢的艱苦，從佮阮老歲仔作穡開始，才知影想欲趁幾箍銀仔，也毋是赫簡單。」

「我請、我請，包廂佮燒酒錢攏算我的，但是小費你著該己出。」鳥鼠清仔豪爽地，並交代他說：「記的，小費用一百箍的台幣予伊著會使，毋通假大方欲用人民幣。」

「睏予飽較贏啦，明仔日抑擱欲去四界佚陶……。」

「你毋捌睏過是毋？來這著是欲四界行行、四界佚陶佚陶。若是欲睏，佇咱兜睏著好，毋免擱開赫濟錢來這睏。」鳥鼠清仔半拉半扯地說，「行啦、行啦，𣍐共你掠去賣啦，無啥通好驚的啦！」

之前渾身是膽的貓仔馬俊，想不到在沉濺一段時間後，竟變得有點忸怩。然而在鳥鼠清仔極力的慫恿下，兩人來到KTV的包廂裡，裡面豪華的裝璜和設備，讓初次來的貓仔馬俊眼睛為之一亮。尾隨的是兩位打扮得花枝招展且穿著暴露的年輕小姐。繼而是一位年約十六七歲的小妹，幫他們端來一盤魷魚絲和一碟花生米，以及半打青島啤酒和四只酒杯。

「先生，我叫小咪，她叫小曼，你貴姓？」小咪說後，大方地在貓仔馬俊的身旁坐下，讓他聞到一股濃濃的女人香。

「我姓楊，他姓王。」貓仔馬俊有些靦腆。

「楊先生第一次來廈門？」小咪操著一口標準的普通話問。

貓仔馬俊不自在地點點頭，然後中規中矩地指著鳥鼠清仔說：「他來過很多次。」

小咪以職業性的目光，朝鳥鼠清仔點點頭笑笑。

鳥鼠清仔看到如此的情景和氣氛，情不自禁地走到貓仔馬俊身邊，附在他的耳旁低聲地說：「貓仔馬俊，你較有氣魄的好無，來到這種所在，毋通親像查某彼樣，豆腐毋食是你戇啦！」

「來，我們喝酒唱歌。」小曼開啟瓶蓋，為大家各倒了滿滿的一杯，而後燦爛地一笑，「歡迎兩位光臨。」

「來，」小咪舉起杯，「我們隨意。」說後逕自喝了一大口。

「乾杯、乾杯，」鳥鼠清仔首先起哄，「先乾一杯再說。」而後一口飲盡。

坦白說，幾杯啤酒對兩位以坐檯陪客人飲酒作樂為業的小姐而言，幾乎是稀鬆平常的事，但是，似乎也難不倒貓仔馬俊和鳥鼠清仔。貓仔馬俊曾經浪蕩過一段時間，早已練就好酒量，鳥鼠清仔家則是做雜貨批發生意，和客戶吃吃喝喝亦是經常有之。故而，別說幾杯啤酒，幾瓶對在座的四位來說想必也不是什麼大問題。但眾所皆知，飲酒過量除了有礙健康，一旦喝多了也會亂性。即使酒精成分僅只幾度的啤酒，幾杯下肚後臉上難免會有幾分熾熱，說起話來往往也會語無倫次，這似乎就是俗稱的藉酒壯膽或藉酒裝瘋。

初來時顯得有些靦腆的貓仔馬俊，在幾杯黃湯下肚後又恢復以往的率性，開始展現他便給的口才，甚至在鳥鼠清仔「豆腐毋食是你戇」的提醒下，坐在他身旁的小咪，其渾圓的臀部，高聳的雙峰，不僅成為他獵取的目標，甚至以鳥鼠清仔為學習的榜樣，把小費直接塞進她的胸罩裡。儘管小咪略有怨言，但依然半推半就、笑臉相迎，因為以豆腐換取小費或報酬，是特種行業常有的事，在這種地方焉能裝高尚、假清高，除非不要錢。

「兩位小姐，等一下帶妳們出場吃宵夜，怎樣？」鳥鼠清仔的眼睛，已有一點血絲。

「不行啦，等一下還有客人。」小曼代替回答，當然她知道客人的用意是什麼，絕非純粹吃宵夜，直接上酒店或到賓館開房間從事性交易的大有人在。

「老實告訴妳們喔，我們楊先生除了是如假包換的處男外，他口袋裡沒什麼，就是有錢。如果妳們不好好把握住這個千載難逢的機會、牢牢抓住這隻肥羊，妳們簡直是白混了。」鳥鼠清仔說後，趁著小曼沒注意，快速地伸手摸了她一下胸部。

「別這樣啦，」小曼伸手一撥，瞪了他一眼，「你要摸幾下才夠本？」

鳥鼠清仔已意會到她說此話的用意，於是掏出皮夾，又取出一張百元鈔票揉成一團，就直接往她的胸罩裡塞。儘管小曼扭動身軀故裝嬌羞，亦未曾馬上把它取出，但前後幾次，無論從其胸罩或內褲，鳥鼠清仔已塞進好幾百元。雖然「錢去死」，但卻爽在心裡口難開。

而曾經浪蕩過一段時間的貓仔馬俊，不僅經常酒後滋事，甚至有一次在日日春撞球室，為了偷吻小莉一下，又摸了她雙峰一把，竟被老闆打得落荒而逃。此時他年已三十而未婚，對女性身體充滿著幻想，對性更是充滿著渴望，但因種種因素使然，壓抑的性從未在女性的性器官裡發洩過。如今坐在他身旁的是一個比小莉漂亮百倍的美眉，一張百元鈔票即可像觸電般似地碰觸到她幼綿綿又軟綿綿的胸部。儘管他沒有像鳥鼠清仔那麼大膽地把鈔票塞進她的內褲裡，但有小咪這個漂亮的女孩陪伴在他身邊喝酒聊天，時而還可以聞到一股此生未曾聞過的女人香，他還有什麼不滿足的呢。何況今晚的包廂和酒錢全由鳥鼠清仔請客，現下他只不過花了七八百元小費，竟可公然吃十幾次豆腐，當年他在日日春撞球也花了不少錢，但僅摸了小莉一下，卻被打得頭破血流，兩相比較，的確有天壤之別，讓他心有不甘。

名義上雖是來唱歌，但他們卻把時間完全消耗在聊天和吃豆腐上，整節下來，僅只小咪唱了鄧麗君的〈何日君再來〉，小曼和鳥鼠清仔合唱了〈雙人枕頭〉，然而他們的歌藝平平，彼此似乎都沒有繼續唱下去的意願。喝酒、聊天、嬉鬧，或許比唱歌還帶勁。目光凝視她們高聳的胸部、渾圓的臀部，偶而偷吃一小塊軟綿綿的豆腐，或許比唱歌更能滿足他們的快感。如此充滿著浪漫氣氛和羅曼蒂克情調的夜晚，他們勢必會把握住易逝的時光、難得的機會，盡興地飲酒、盡情地歡樂。錢，對他們來說不是問題，回家再賺就有！

「來，小咪，我們喝一杯。」貓仔馬俊舉杯一飲而盡，復取出鈔票，又一次地塞進她的胸罩裡，也同時感受到一份難以忍受的性慾望在他心裡衍生，又有一把熾熱的慾火不斷地在他體內燃燒，於是，他有一股強烈的性衝動。然而，這裡只是娛樂場所，並非是性交易場地，如果真想解決壓抑的性慾，只要把這個慾望告訴鳥鼠清仔，他勢必會以識途老馬之姿，幫他安排一切。說不定鳥鼠清仔也有這個需求，一旦如此，誰也不會取笑誰。果真，他的想法與鳥鼠清仔不謀而合，因為他們同是身強力壯卻又未婚的年輕人。

「我早著共你講過，出來佚陶著是欲予爽，我毋相信你看著大陸的婧查某𣍐哈。」鳥鼠清仔爽然地說：「這的查某婧擱俗，若有佮意的，娶一個倒來去做某嘛𣍐歹。」

「你來大陸赫濟遍，敢捌去開？」貓仔馬俊好奇地問。

「講實在的，誠濟人毋是欲來大陸看風景，是欲來揣查某的！」鳥鼠清仔笑著說。

「你是其中之一，著毋？」

「古早人毋是講過：『食色性也』，這種事志無啥物大不了啦！三十歲還未娶某，除非彼支無路用，若𣍐想、若𣍐哈，毋是查甫人啦！」

「講起來也是有影，這種事志誠正常，毋免相笑。」

「較早若是來大陸開查某，去予公安掠著，聽講會佇台胞證reqs兩字『嫖客』，擱會掠去飼雞。」

「敢有影，」貓仔馬俊有點膽怯，「這陣會𣍐？」

「你毋免驚啦，我帶你去的所在，保證安全無事志！」鳥鼠清仔安撫他說：「這陣廈門的公安，查較嚴的是赫較大間的酒店，較細間設備差的伊𣍐來掠。」

「你對廈門這個所在實在有夠瞭解的，啥物門路、啥物空頭攏知。若放我該已一個去四界踅，誠可能會行無路。」貓仔馬俊羨慕地說。

「老實共你講啦，想欲爽，也著知影空頭佮門路，若無者，身軀帶擱較濟錢嘛無彩工。」鳥鼠清仔得意地說。

「以後著拜你為師。」

「互相啦，莫相笑就好！」

鳥鼠清仔帶著貓仔馬俊穿過大街小巷，終於來到一家小型的賓館，雖然燈光暗淡，但對鳥鼠清仔這個識途老馬而言，閉著眼睛也摸得進去。

「恁兩個少年的欲徛店抑是欲歇睏？」一位穿著入時的中年婦人，操著閩南語口吻問。

「一人一間房間，欲歇睏。」鳥鼠清仔代答，並向婦人使了一個眼色。

「我知。」婦人說後，並引領他們進入各自的房間。

歷經多次砲火洗禮的鳥鼠清仔，一副老神在在的模樣，而初次入花叢的貓仔馬俊，則是忐忑不安，於是他逕自走進鳥鼠清仔的房間。

「你佇房間內等著好，出來欲創啥？」鳥鼠清仔不解地問。

「我一個心肝噗噗惝。」貓仔馬俊有點驚慌。

「貓仔馬俊，你有膦脬無？你是咧驚啥潲！」鳥鼠清仔不屑地，「較早咧佚陶的時陣，無管佮人大細聲抑是相罵相拍，規身軀攏是膽；這陣想欲來爽一下，又擱驚東驚西。看你這種姿勢，若予人知影，會予人笑半死！」

「聽講開查某會中毒。」貓仔馬俊依然有所顧慮。

「恁娘咧，中你的大頭啦、中毒！」鳥鼠清仔罵了他一聲，並伸手敲了他一下頭，「看你毋是心肝噗噗惝，著是驚中毒，想欲爽又擱驚死驚活，世間上揣無一個像你赫無潲路用的人啦！」

兩人正在爭論的同時，兩位打扮妖艷入時的女子已來到他們眼前。

「予你先揀，」鳥鼠清仔以行家的姿態說：「若是無佮意，予伊車錢，叫伊倒去，才擱換一個。」

貓仔馬俊抬頭看了她們一眼，竟羞澀地紅了臉。

「妳帶他進去，」鳥鼠清仔尚未等他挑選，逕自對那位長頭髮的小姐說，「妳看，我們楊先生見到小姐就臉紅，是一個如假包換的處男，妳不僅要好好侍候，還要包紅包，知道不知道？」

長髮小姐看了貓仔馬俊一眼，而後愜意地笑笑，復挽著他的手臂，一踏入房門，就快速地把門閂上。

「你經常來廈門玩嗎？」長髮小姐把手提包放在梳妝台，逕自坐在床上，柔聲地問。

「第一次。」貓仔馬俊簡短地答，心肝依然感到噗噗惝。

「難怪喔，看你緊張的樣子。我叫妞妞，從湖南來的，專程來侍候你、陪你玩玩的，不會把你吃下肚，你放心。」

貓仔馬俊傻傻地笑笑。

「來，」妞妞竟大方地拉起他的手，「坐、坐，我們先聊聊。」

當兩人同坐在軟綿綿的床上時，貓仔馬俊聞到的是一股濃濃的香水味，身邊坐的是一個馬上即可和他繾綣纏綿的女子。而此時，即使眼前的情景對他充滿著誘惑，但他的心肝仍然噗噗悄。

「楊先生，你今年貴庚？」妞妞已看出他的窘態，故意問。

「剛滿三十。」

「剛才那位先生說你是處男，大概不假吧。」

貓仔馬俊尷尬地笑笑。

「其實一個身心成熟的正常男人，是需要性調劑的。倘若過於壓抑，反而不好。」妞妞開導他說。

「坦白說，我很想，但怕……。」

「怕中毒是不是？」妞妞已深知他怕的是什麼，這也是許多男人的通病，想嫖妓又怕得花柳病。「我皮包裡有保險套，保證你沒事。」

於是，以性為職業的妞妞，主動地脫掉外衣，僅穿一件低胸的胸罩和一條若隱若現的三角褲來挑逗他，甚至亦已準備就緒躺在床上等他。即使貓仔馬俊害怕中毒，然而豈能禁得住妞妞那「白泡泡，幼綿綿」的肉體的誘惑。於是他快速地脫去衣褲，顧不及性病是否會纏身，猴急地跨上床。

「你不是怕中毒嗎，要不要戴保險套？」妞妞笑著問。

「不，我不怕！」貓仔馬俊說後，直接跨上她的身上。

經驗老到的妞妞，僅以短短的幾分鐘，就讓貓仔馬俊垂頭喪氣、成為一隻可憐的病貓。可是他竟然還留戀她的身體，迷戀她的姿色，回味春宵時的浪漫情景，久久不肯翻下身，甚至還附在她的耳旁低聲地說：

「妞妞，妳長得真漂亮，皮膚更是白皙柔軟，如果能有妳這個老婆多好。」

「既然這樣，我就嫁給你做老婆好了。」妞妞開玩笑地說。

「真的。」貓仔馬俊興奮地。

「你不怕中毒？」

「像妳這麼漂亮的女人，怎麼會讓我中毒。」

「難道你沒聽說過玫瑰多刺？」

「只要妳願意嫁給我，中毒也甘心。」

「楊先生，你第一次到廈門，還滿意我今晚的服務嗎？」

「何止滿意，簡直是我人生最美好的體驗。」貓仔馬俊難掩內心的喜悅，「妳能把電話告訴我嗎？如果妳願意，下次到廈門時一定再找妳。」

「只要你來到這裡，告訴櫃台說要找妞妞，一旦接到他們的電話後，我很快就會來侍候你。」

「真的，」貓仔馬俊興奮地，「這裡的地址和電話妳可以抄給我嗎？」

「等一下你到櫃台向他們要一張名片，這裡的電話地址全在裡面。」妞妞告訴他說。

於是貓仔馬俊在付清今晚性交易的價錢後，竟又另外給她五百元台幣的小費，其出手之大方，著實讓妞妞感到意外，貓仔馬俊更是一路爽回下塌的酒店。

「有爽無？」烏鼠清仔問。

「毋免講你嘛知，」貓仔馬俊笑得很燦爛、很愜意，「誠想欲扒園伊的腹肚頂毋落來。」

「伊敢有叫你戴保險套？」

「伊有問我，但是我老實佮伊講，我毋驚中毒啦！」

「辦完事志了後，你有緊去放尿無？」鳥鼠清仔關心地問。

「無咧，我尿𣍐緊，」貓仔馬俊得意地說，「我射出來了後，猶原浸咧伊彼空，誠久才落來。」

「慘啦，」鳥鼠清仔恐嚇他說：「你一定會中毒。」

「有影抑無影，」貓仔馬俊半信半疑，「你毋通欲講予我驚死。」

「無戴保險套，擱浸赫久，又擱無緊去放尿，貓仔馬俊，我毋是咧嚇驚你，你慘啦，穩中毒的，彼支膦鳥穩爛的！」

「無管伊啦，」貓仔馬俊終於想開了，無所謂地說：「爽規爽，中毒才擱講，了不起來去醫院予醫生打一針。」

「有氣魄，」鳥鼠清仔豎起大拇指誇讚他說：「敢開查某，著毋驚中毒，後次敢抑有想欲擱來？」

「當然嘛是有，」貓仔馬俊已嚐到甜頭，得意洋洋地說：「妞妞彼個婧姑娘仔，規身軀白泡泡、幼綿綿，又擱肉感仔肉感，看著伊彼種姿勢真過癮。講實在的，無管伊這陣是眾人用的趁食查某，抑是三不五時四界趁食，若是有意思欲嫁我，我一定欲佮伊娶來做某。」

「俗語話講：『娶婊來做某，較好娶某去做婊』一定有伊的道理。」烏鼠清仔說後頓了一下，「講笑規講笑啦，這種想法若予恁老爸知影，一定會共你拍半死，以後毋免數想欲擱來廈門佚陶。」

「這幾年來，阮爸對我誠信任，所有賣豬賣羊，賣番薯芋的錢，攏嘛佇我手頭，隨時欲開隨時有，毋免親像較早著擱伸手揣伊討。」

「講實的，老歲仔賭赫濟錢，百年後嘛帶𣍐去，將來也是你的。」烏鼠清仔提醒他說：「緊去娶某較要緊啦，若無，你會哈半死。」

「講起來誠漏氣，佇這個世間上活了三十外年，抑擱毋捌佮查某好勢過，今仔日終於試著鹹纖、知影滋味啦！認真算算的，開淡薄仔錢來這逝廈門，也是有價值。」貓仔馬俊喜悅的形色溢於言表。

「這種事志千千萬萬著保密，若是講予咱厝的人知影，將來毋免數想欲娶某。」烏鼠清仔警告他說。

「咱厝若娶無，咱會使來大陸娶啊！」貓仔馬俊不以為意，甚至信心滿滿地說：「誠濟七老八老的老北貢，倒來大陸探親了後，一個一個攏嘛擱娶少伊二三十歲的少年某。憑咱這種跤數，若是有錢，我看佇大陸這個大所在，毋免驚娶無婧某！」

「你講的無毋著，」鳥鼠清仔認同他的說法，「這陣嘛有人娶印尼佮越南的查某來做某，雖然起初咧講話有淡薄仔獪輾轉，但是經過一段時間了後，咱的話攏嘛講咯嗄嗄叫，對序大人嘛真起工。若是娶著福建閩南這角的查某，除了言語會通外，誠濟民情風俗嘛仝款，會攔較好湊陣。娶外地查某來做某，獪比咱兜的查某較差啦！當然，該己的目睭也著展較金的，嘛是有一屑屑仔毋成查某專門咧騙人的。」

「講著騙，我是過來人，無騙人已經真衰潲啦，敢攔予人騙會去！」

「你彼套小把戲已經獪時行啦！」鳥鼠清仔不屑地，「你較早所騙的毋是恁老爸，著是咱的鄉親佮你的親情朋友，錢無講誠濟才予你騙會來。這陣的社會已經變款啦，啥物出頭攏有，騙人的手法攔較高明，予咱想獪到。」

「講著較早欲食毋討趁，又攔東騙西騙、跤筊相拍，予阮老爸無面通做人，這陣想想的，實在見笑攔幼稚。」貓仔馬俊感慨地說：「雖然我已經改過，但是咱的鄉親，嘛是共我過去所做的歹事志，記咧心肝內。尤其是阮老爸叫媒人四界欲共我做親情，逐個攏嫌我過去是歹囝，毋敢共查某囝嫁予我。老歲仔想欲抱孫的願望到這陣抑無法度通達成，予伊誠失望。我過去的所作所為，除了該已感覺見笑外，嘛真對不起伊。」

「過去的事志煞煞去啦，毋免擱去想伊。」烏鼠清仔開導他說：「毋通繪記的，你是孤囝，恁老爸已經赫爾老啦，我看伊趕緊欲共你娶某，毋是想欲抱孫，是欲替恁楊家傳宗接代、延續香火，才是伊真正的目的。老歲仔的心情攏仝款，咱體會會出來。」

貓仔馬俊點點頭，認同他的說法。

「你若是對大陸查某有興趣，看欲該已揣，抑是欲叫人介紹，相信真緊著會有結果，以後毋免擱『無某真艱苦，食糜配菜脯』啦！」

「你看妞妞彼個查某囝仔怎樣？」

「西洋目鏡隨人佮目啦！」烏鼠清仔雖然不置可否，但毋忘提醒他說：「咱繪使講所有的趁食查某攏是歹查某，有的是受家庭環境所逼，才會落海去趁食；有的是愛慕虛榮，一日妝媠、穿媠媠，用伊的肉體去換金錢。若是娶著前者，只要兩人相意愛，伊一定會佮你同甘共苦過日子；若是目睭展無金娶著後者，除了共你的錢騙了了，擱會綴人走。你若是佮意妞妞這個查某囝仔，抑是著稍觀察、稍瞭解，毋通親像三代年毋捌看過查某，一次著眩船。」

「繪啦，我是咧講笑啦。」

然而這句話言猶在耳，翌日夜晚，貓仔馬俊背著烏鼠清仔，獨自一人乘坐計程車，按址來到這家小賓館，當他站在櫃台前時，已沒有初來時那種窘態。他直接告訴櫃台那位穿著入時的婦人說：

「我欲歇睏，拜託叫妞妞來。」

「你先去彼間等，妞妞十五分鐘後著到。」婦人指著二號房間說。

貓仔馬俊進入房間、關上房門後，就順手把衣服脫掉，僅著內衣褲，怡然自得地躺在床上。他伸直雙腿，微微地閉著眼，昨晚和妞妞溫存的那幕情景，竟不約而來地浮現在他的腦海，這不僅是他人生歲月的初體驗，亦是最值得回憶的一件事。坦白說，怕中毒只不過是一種藉口而已，烏鼠清仔嫖過無數次，為什麼不會中毒？如果妞妞體內有毒，不知已有多少人被傳染，多自己一個又何妨？況且，一個如花似玉的小姐，絕對不會不顧及自己的健康，為錢而出來賣命。

終於，房門被推開又被門上，貓仔馬俊夢想中的妞妞來了，他快速地從床上站起，昨天剛被她澆熄的慾火，想不到此時見到她竟又復燃，這不知是意味著他的身體強壯，還是難敵她嬌艷迷人的姿色。

「楊先生，很高興又來侍候你。」妞妞抛出一個嬌媚的眼波。

「妞妞，我想死妳了。」猴急的貓仔馬俊，竟主動地幫她寬衣解帶，而後兩人裸露相見，很快就纏綣纏綿在一起。

「楊先生，」妞妞附在他的耳旁，柔聲地說：「連續兩天，你不覺得累嗎？」

「妞妞，妳說說看，我像病貓嗎？」貓仔馬俊以其靈活的腰力，不停地抽動著。

「不，你是少見的猛男。」妞妞撫撫他的臉，誇讚著，「不過……。」

「不過什麼？」貓仔馬俊急促地問。

「可以輕一點、溫柔一點嗎？」

「對不起，今晚是我此生的第二次，我實在缺少這方面的經驗和知識，可能過於心急而粗魯。」

「你的談吐很文雅，讀不少書吧。」

「我讀過中學。」

「我沒有看錯吧。」

「妳確實很有眼光，這與妳的職業是有關聯的，因為妳接觸過很多人。」

「不錯，形形色色的人都有，」妞妞愜意地笑笑，「不過像你這種英俊瀟灑、出手又大方的年輕人並不多。」

「像妳這麼溫柔漂亮、對人又體貼的小姐，給點小費也是應該的。」

「不，很多人不認為，他們只想以低廉的代價，從我們身上得到更多的快樂。甚至經常會遇到一些變態的客人，他們會以各種方式來折磨人。」

「男女交媾不就是這樣嗎？」貓仔馬俊不解地，「難道還有什麼花樣？」

「我昨天忘了包紅包給你，或許你的朋友沒說錯，你真是一個如假包換的處男，對這方面的知識貧乏得可愛。」

「既然這樣，以後就請妳多多指教。」

「不，年輕人不能沉迷在女人的身上，那鐵定沒有前途。」

「那麼妳嫁給我好不好？」

「年輕人千萬不要嚐到一點甜頭就胡思亂想。我們現在只是各取所需，你花錢，我給你快樂，其他對一個以性為職業的女人來說並沒有什麼意義。像你這種身強力壯又讀過中學的年輕人，找一個好女孩結婚才是真的。」妞妞勸導他說。

「在我心中，妳就是一個好女孩！」

「如果我是一個好女孩，怎麼會赤裸裸地躺在床上任你玩弄？」

貓仔馬俊一時無言以對，而竟在此時，一股暖流已從他的體內流出，金錢與性交織的戰爭也因此而結束。妞妞走後，他得到的並非是性發洩過後的滿足，反而有一份無名的失落感。連一個供人玩弄以性為職業的女人都對他不感興趣，又要到哪裡去尋找好女孩呢？他感到前所未有的挫辱……。

第十二章

從廈門旅遊回來後，貓仔馬俊對人生似乎有不一樣的看法。平日父子兩人頂著太陽、冒著寒風，或上山、或下海，努力打拼、縮衣節食，儲存再多的錢財又有何用？最終，只不過是一個充滿著銅臭味的守財奴而已。尤其是年輕人，在其成長的過程中，除了認真讀書、中規中矩外，更不能犯錯，他就是一個活生生的例子。遭到學校退學，復又為非作歹，即使現在已改過自新，但之前之種種不當行為，在這個純樸的島嶼，依舊讓鄉人留下惡劣的印象，想扭轉鄉人對他的看法，並非是短期間可成就的。於是，他竟打起如意算盤，興起到大陸做點小生意的念頭，不管能不能賺錢，至少哪裡地方大、女人多，更沒有人知道他之前的底細，憑他的外表，討一個老婆應該不成問題。當他把這個構想告訴烏鼠清仔時，他說：

「無毋著，大陸所在大、人也誠濟，是一個誠大的市場，但是伊的環境有較複雜，毋是像咱想的赫爾單純。誠濟人抱著真大的希望去赫做生理，到後來攏了空空，會使講是血本無歸。」

「來去彼爿娶一個某，應該無問題吧。」

「若是單單為了欲娶某，會使叫人介紹啊；這個若無佮意，會使換別個，揀佫你佮意為止。」

「這種事志，我歹勢開喙啦。」

「貓仔馬俊，毋是我咧嫌你，你實在愈來愈無蛸路用，一點仔男子氣慨攏無；想欲開查某驚中毒，想欲娶某又擱歹勢開喙。我看你去跳太湖好啦！」

「你啥物時陣欲擱去廈門？」

「你想欲去、是毋？」

「你若有欲去，咱擱作伴來去行行看看的。」

「恁老歲仔若點頭，我隨時奉陪。」

「阮老歲仔的性地你知影，除非用騙的，若是實話實講，毋免數想欲去，擱會欠伊罵。」

「你彼套敢抑擱會時行？」

「想欲騙老歲仔的錢已經騙𣍐落手啦，而且伊也毋是赫好騙。但是這幾年來，我專心上山落海共伊湊相共，予伊誠歡喜、誠信任，一屑仔賣東賣西的錢攏佇我手頭，若是有需要，共偷用一點仔伊嘛毋知。若有意思欲去，一定著想一個充分的理由共伊講，𣍐使講行著行，若是按爾，擱較會予伊起疑心。」

「貓仔馬俊，難怪恁老歲仔會罵你了尾仔囝，原來你有彼大的企圖心。」

「這陣交通赫方便，咱又擱無某無猴，若毋揣機會來去四界佚陶，是戇大呆啦！尤其大陸誠濟講的攏是咱聽有的普通話，若是緣分到，娶四川、娶湖南、娶山東、娶陝西、娶北京的查某來做某也是有可能。」

「你誠豬哥神，會想某想佫起猜。」烏鼠清仔開玩笑地說。

「我毋相信你𣍐想。」貓仔馬俊反駁他說。

「佇大陸彼個大所在，若是有錢，毋免驚娶無某啦！」

「若是像你講的按爾，你怎樣毋娶？」

「毋驚你貓仔馬俊笑啦，」烏鼠清仔神氣地，「大陸有三十五省，等我佮無仝省份的查某試過才擱講。」

「莫臭屁啦，三十五省三十五個查某，若是按爾，你比我擱較豬哥神！」

「講笑啦！咱攏仝款，某緣抑未到，只好三不五時仔，揣機會就近來去廈門消透消透的。」

「講著廈門，我著想起妞妞……。」

「古早人講『婊子無情』，伊愛的是你的錢，毋是你的人，這點你著分予清楚。講一句較歹聽的，爽過著煞煞去，趁食查某無啥物通好數念的，千萬毋通眩船啦！」

「我雖然放蕩一段時間，留一個歹名歹聲的了尾仔囝名，但是拄限佇咱這個小所在。外口誠濟事志佮社會這門課，跟你鳥鼠清仔比起來，無一箍尾逝啦。」

「社會經驗是一點一滴沓沓累積起來的，當咱的思想成熟時，對較早所做的事志，會感覺誠幼稚、誠好笑。」

「你講的佮我心內所想的仝款，但是往往誠濟事志攏是憑一時的衝動，親像去予魔神仔迷去彼一樣，該己無法度通控制，才會造成誠濟無法度通挽回的憾事！」

「這種事志佇現代這個社會嘛經常會發生，古早人講去予鬼迷去啦！」鳥鼠清仔說後，看看腕錶，「毋佮你畫虎膦啦，恁老歲仔若答應欲予你去廈門，你才共我講。反正手續辦便便咧等，喊行，著起跤行。」

貓仔馬俊的確對大陸有太多的憧憬和嚮往，即使他只到過廈門，但從許多鄉親的口中得知，值得參觀與遊玩的地方實在太多了。然而，他對別的地方似乎不太感興趣，甚至素來被標榜為男人天堂的海南島，他亦興趣缺缺。他獨鍾的，依舊是離鄉最近的廈門，只因為這裡，有他最美好的性愛回憶。

「阿爸，我想欲擱來去廈門行一逝。」貓仔馬俊邊揮著鋤頭幫父親整地，邊說。

「你毋是拄去過？」跛跤膨豬看他如此地打拚，不疑有他，反而和氣地問。

「烏鼠清仔講廈門彼個所在人誠濟，若有機會來去做一個小生理，比佇咱厝作穡較好。」貓仔馬俊解釋著。

「生理有生理跤數，你敢有適合？」跛跤膨豬疑惑地。

「俗語講『事在人為』，世間無天生的生理人佮作穡人，啥物事志攏著用心去學。我較早毋捌作穡，但是這幾年來，我用心綴阿爸學，這陣無論犁田打股種番薯芋，抑是擔肥、擔糞、潑豬尿，我逐項攏會曉。阿爸你有親目看著，毋是我該已咧臭彈講大空話。」

「對天講話，這幾年來你實在改變誠濟，我除了歡喜外，嘛充分的信任你，一屑仔錢銀嘛交予你佇保管。若是緊娶一個新婦，共我生一個戇孫來延續咱楊家的香火，我跛跤膨豬這世人著無啥物通怨歎的啦！」跛跤膨豬有感而發地說。

「我知影阿爸你有叫媒人咧共我做親情，可能是我較早歹底，才會予人嫌。這陣時機無仝款啦，誠濟人攏去娶印尼、娶越南佮娶大陸的新娘，娶來了後，一個一個攏嘛賢慧有孝，照常生囝生孫、傳宗接代。我若有機會去廈門做生理，緣分若到，無定著真緊著會娶一個大陸新娘，到時會使共阿爸接來去廈門湊陣徛，予囝新婦來有孝你。」貓仔馬俊打著如意算盤。

「我雖然無讀冊，嘛毋是一個無講理的老古板。恁少年人有恁少年人的看法佮想法，只要規規矩矩揹力認真去拍拚，猶原會拚出一片天。若是像你較早貧憚欲食毋討趁，萬貫的家財也會匪了了。但是無論做啥物事志，攏著用該己的頭腦，三思了後才行，千千萬萬毋通虎頭鳥鼠尾。尤其你已經是一個三十歲的大人，無管做啥物行業，拄會使成功、𣍐使失敗。」跛跤膨豬苦口婆心地說。

「阿爸，較早赫幼稚無水準的大空話，我毋敢佇你面頭前擱講啦。這幾年來，我深深的領悟到，少年人無論做啥物事志，一定著求實際，𣍐使像成語講的『好高騖遠』。阿爸，你講我的看法著無？」

「你愈來愈有中學生的氣口啦，我無白飼你，五穀無白了，你冊嘛無白讀；你大漢啦，捌想啦……。」跛跤膨豬興奮地說。

貓仔馬俊和鳥鼠清仔又一次地來到廈門，這一次他們並沒有參加旅行團，而是結伴自由行。他除了到銀行兌換二萬元人民幣外，又把抽屜裡約萬餘元台幣一併帶上，名譽上是尋找商機，暗地裡則是尋歡作樂，一進入到這個不算太陌生的城市，就完全走了樣、變了調。他們住最便宜的小旅館，吃最廉價的麵食和簡單的飯菜，但對那些打扮得花枝招展的賣春女子則從不吝嗇。識途老馬的鳥鼠清仔，即使喜歡俗稱的「粉味」，但他較理智，亦是老江湖，不會任由那些歡場女子需索無度，或當冤大頭。而貓仔馬俊初嚐甜頭後又娶妻心切，一心一意想在歡場尋找伴侶，但對於那些以賣春、賣笑為業的歡場女子又能瞭解多少？而且為了不讓鳥鼠清仔知道他的行蹤，經常假借事由，獨自一人去尋歡。

當貓仔馬俊重臨之前那家小賓館時，他二話不說，直接告訴櫃台說要找妞妞。

「妞妞已經去海南島趁食啦，暫時獪擱來廈門。」老闆娘看看他說：「我另外共你介紹一個好無？」

「毋通傷老喔。」貓仔馬俊笑著說。

「我共你保證，彼個甜甜從四川來的啦，比妞妞擱較妖嬌、美麗。你看著一定會佮意！」老闆娘打著包票說。

「叫來看覓才擱講啦！」貓仔馬俊一副神氣的模樣。

不一會，甜甜來了，而這個甜甜，果真是名符其實的甜甜。她長髮披肩，皮膚白皙，曲線玲瓏，又有一張可愛的娃娃臉，簡直讓貓仔馬俊眼睛為之一亮、驚為天人，比起妞妞可說有過之而無不及；身上散發出來的脂粉味和高級香水味，更是讓他飄飄欲仙。即使這種香氣含著些許風塵味，然而他喜歡的不就是這種能直入心脾的女人香麼？於是，貓仔馬俊暗暗地爽著。

「先生，我叫甜甜，你貴姓？」甜甜柔聲地說。

「楊，木易楊。」貓仔馬俊興奮地說。

甜甜微微地點點頭、笑笑，「楊先生，你長得真帥。」說後拉起他的手，緩緩地走到床邊，復又以其職業性的巧手，一顆顆輕輕地解開他的鈕釦，脫去他的衣服，甚而有意無意地碰觸他的下身。而年輕力壯、精力充沛的貓仔馬俊，何能忍受面前這個如花似玉卻又香氣四溢的美女如此地挑逗。於是他快速地幫她脫下那襲名貴的衣裳，只見兩顆嫣紅的小櫻桃懸掛在她胸前潔白的肌膚上，下身那片光澤茂密的草原，無不激起他體內慾火的上升，以及腦海裡無限的遐想。

可是，他想吻她，她別過頭；他想用熾熱的舌尖舔舔她那兩顆火紅的小櫻桃，她輕輕地把他推開。即使她是一個出賣靈魂的神女，亦有她的自尊，她只供花錢的男人發洩體內多餘的液體，而非可供男人任意地需索或無謂的要求。當然，別有意圖或願付出高額代價的恩客不在此限。

往往，得不到的東西更顯得可貴，甚至還會不擇手段去擄掠，或以加倍的代價去換取，這就是人性內心自然的反應，亦是人性的弱點。雖然貓仔馬俊已快速地解決了性事，但仍舊迷戀著甜甜豐滿的胴體，對她那片烏黑光澤的草原更是念念不忘。但是，她衣服已穿、儀容已整，他夢想中的敏感地帶已被名牌衣裙緊緊地裹住，休想要她脫光再讓他看一遍。儘管內心有無限的遐思與夢想，然則依舊不得其門而入。當甜甜拿著錢正欲邁步離開時，貓仔馬俊卻突然要求再加乙節。

「你還行嗎？」甜甜疑惑地問。

「摸摸也爽。」貓仔馬俊竟如此說。

「那是同樣價錢的。」

「再加小費新台幣一千元。」貓仔馬俊竟大方地說。

「楊先生，你真大方，」看在錢的份上，甜甜向他拋了一個醉人的媚眼，「你在哪裡高就啊？」

「準備在廈門投資，做點小生意。」

「近幾年來，廈門發展很快，確實是一個投資的好環境。看你年紀輕輕的就有這種實力，真讓人佩服啊！」甜甜誇讚著說。

「幾百萬小錢，不算什麼啦！」貓仔馬俊故意誇大其詞，「其實錢都是我老爸的，我只是出點小力氣而已。」

「你爸的、將來還不都是你的。」甜甜說著說著，竟把方才穿上的衣服，又一件件地脫下，僅只剩下紅色的胸罩和三角褲，而後躺在軟綿綿的床上。如此，似乎比脫光光還迷人。

「我爸不僅要我來廈門投資做生意，更重要的是要我娶一個大陸新娘回家。」貓仔馬俊嘴巴說著，眼睛瞄的則是甜甜豐滿而迷人的身軀。

「為什麼要娶大陸新娘？」甜甜不解地問。

「我爸說大陸新娘賢慧、漂亮，又見過大世面，將來一定能幫夫。今天見到妳，果然是名不虛傳。」

「我只是一個普通女人而已，談不上漂亮。」

「不，在我的眼裡，妳甜甜簡直美如天仙，要不，我怎麼會心甘情願地花錢再加乙節呢？」貓仔馬俊說著說著，手也同時在她身上不斷地游移，或許就誠如他所說的，摸摸也爽。然而此時之爽，是必須付出代價的，只要他肯花錢，在既定的時間裡，躺在床上的甜，勢必會任由他玩弄。想吻就吻，想摸就摸，想上就上，與先前僅讓他解決性事是不一樣的。因為除了原本的價碼外，又多了一千元小費，這種大方的客人，幾時才能碰到一個啊！甜甜內心，簡直有說不出來的喜悅。

在歡場「趁食」多時的甜甜，她之於會做如此重大的改變，除了看在錢的份上，與貓仔馬俊想在廈門投資，又想娶大陸新娘為妻，也是有密切關聯的。在她的想法裡，無論他剛才說的話是真是假已無關緊要，今天的性交易，已從他身上獲得優渥的報酬，這隻肥羊她豈能輕易地放過，於是她試圖使出渾身解數來博取他的歡心。

她在這個圈子出賣靈肉已多時，看清了許多男人的嘴臉，多數均想以低廉的價格來滿足他們的性需求，甚至有些人還會討價還價，把她們當成貨物來看待。想不到身邊這個陌生的年輕人，出手竟是那麼大方，如果每天都能碰上這種恩客，距離她回家鄉蓋新屋的美夢已不遠，她何嘗不願脫光衣服，讓他們玩個夠呢？而且當金錢入袋，當她整裝補粧過後，以玉女的姿態走在路上時，又有幾多人會知道她真正的身分？若以她的美貌、氣質和穿著而言，或許會被誤以為是有錢人家的千金，或是公司行號的秘書，抑或是能獨當一面的女強人。況且，她的臉上並沒有寫著「趁食查某」，即使曾經與她有過性交易的男性，亦必須尊重她的隱私，只能在背後竊竊私語，豈敢當著她的面在大庭廣眾公然宣揚。

然而花錢買春的貓仔馬俊，豈肯放棄這個大好機會，在這段美好的時光裡，他充分展現男人的勇猛和雄風，兩人不斷地在床上繾綣纏綿、纏綿繾綣，年輕力壯的貓仔馬俊，並非只「摸摸也爽」而已，在甜甜激情的引誘和挑逗下，僅只相隔短短的幾十分鐘，竟猶如猛虎下山一般，又一次地攀上甜甜那座碧草如茵的小小山頭。她微微的呻吟和喘息，並非是女性高潮時自然的流露，而是以其職業的本能，來滿足男人的虛榮和自尊。

「楊先生，想不到你這方面的經驗和技巧竟是那麼地老到。」甜甜誇讚他說：「尤其你剛射精不久，馬上又展現男子的雄風，讓我難以招架，這是極其少見的。楊先生，我真佩服你的勇猛啊！」

「甜甜，不是我勇猛，是妳的美麗和溫柔，是妳豐富的性經驗，才能讓我在短短的時間裡，又一次地體會到性愛的樂趣和歡悅。如果妳是我的老婆多好，爽死在妳的肚子上我也甘心啊！」貓仔馬俊已開始暈船。

「我那有這種福分，」甜甜自卑地說：「像我們這種身分卑微低賤的小女子，那配做你的老婆啊！尤其你馬上就要在廈門投資做大生意，理應找一個門當戶對的好女孩，才能與你的身分地位相搭配。」

「不，妳就是我心中的好女孩。」

「我們只不過是相處兩個多鐘頭的露水夫妻，你怎麼知道我是一個好女孩呢？」

「從妳漂亮的外表，從妳優雅的談吐，有了這兩個基本的條件，就是我理想中的伴侶。從妳豐滿的胸部，渾圓的臀部，就是幫夫相，往後必可為我們人丁單薄的楊家，添上幾個白白胖胖的小壯丁。」貓仔馬俊展現其辯才無礙的好口才。

「楊先生，我能感受到你的誠意，如果你不嫌棄，我們就先做個朋友吧！倘若有緣，一切就交由老天爺來安排。」甜甜笑笑，笑得很詭譎。

然而她想要的是什麼，坐在船上遇到風浪而暈船的貓仔馬俊心裡可明白？他竟然異想天開地問她說：「如果我把妳包下，一天需要多少錢？」

「我從來沒有遇到過像你這麼大方的客人，雖然我是一個跑單幫的，不會受任到任何的約束和剝削，可是憑我的容貌和知名度，每月少說也有五六萬元的收入。楊先生，我知道你疼愛我，也能感受到你的誠意，如果你真有這種意願，一天就以二千元人民幣來計算吧。不管要我陪你幾天或如何服侍你，只要你付錢，我甜甜就任由你來使喚。」

「真的！」貓仔馬俊興奮地，並暗自盤算了一下，他帶來二萬元人民幣原封未動，身邊又有萬餘元新台幣，扣除今天的消費，還剩好幾千元。倘若依甜甜開出的價碼，包她五天亦只不過一萬元，餘款用來支付食宿及其他費用，絕對綽綽有餘。於是他告訴她說：「那麼妳就先陪我五天，一方面到處走走，看看是否有較適當的投資環境，另一方面趁機流覽一下當地風光。」

「楊先生，你真會盤算，既不浪費時間，也不會浪費金錢。在這五天裡，我會盡我所能，把你服侍得妥妥貼貼、舒舒服服的，直到你完全滿意為止。」甜甜嬌聲地說。

然而，即使兩人各有各的盤算，但似乎甜甜佔了便宜，除了有得吃、有得喝，又有錢可拿。儘管她的條件不差，但比她好的一籮筐，並非如她所言一個月能賺五六萬元。她以美貌來掩飾謊言，其誇大不實的言詞卻讓一輩子沒見過漂亮女人的貓仔馬俊信以為真。設若以目前的幣值來換算，五六萬元人民幣折合新台幣少說也有二十餘萬元，不出幾年，她已是富婆一個，四川老家勢必早已蓋起高樓。誠然貓仔馬俊知道賺錢不容易這個簡單的道理，但為了滿足自己的性慾和虛榮心，不把父子兩人辛辛苦苦縮衣節食儲存下來的那點錢當一回事。他矇騙忠厚老實的父親，試圖想在這個繁華的都市當大爺，然而能嗎？或許只有短短的五天光景，當帶來的那點錢散盡，又是「呆胞」一個。

「甜甜，今天能遇上妳，的確是我的福分，即使五天的時間很短，但冀望將來我們能長相守。」

「楊先生，只要有緣，千里也會來相會。我還有點事，必須先走一步，明天一早我會在這裡等你。」甜甜說後，拿起手提包，復又柔聲地說：「對不起，楊先生，為了遵守我們的約定，如果你方便而有誠意的話，是否能夠先付我一點訂金。」

「當然可以、當然可以，」貓仔馬俊爽快地從口袋裡掏出一疊人民幣，數了四十張百元券遞給她說：「我先付妳四千元，其餘事後再付。」

「楊先生，你真爽快，不愧是未來的大老闆。」甜甜接過錢，神情怡悅地在他頰上吻了一下，「明天見。」說後緩緩地移動著腳步離去。

貓仔馬俊雙眼緊緊地盯著甜甜婀娜多姿的背影，只見她肩上飄逸的長髮迎風招展，細細的腰下是渾圓的臀，粉紅色的洋裝配上白色的高跟鞋，無論是姿態或氣質，放眼當下兩岸，若以他所見，又有哪個女子能與其相媲美。而這個漂亮的女人，就在今天，就在方才，曾經赤裸裸地和他在軟綿綿的床上繾綣纏綿，讓他體會到激情過後的性愛樂趣，讓他親眼目睹她白皙的肌膚誘人的雙乳，以及那片足可讓男人神魂顛倒的茂密草原。雖然他必須付出代價，但錢何嘗不是身外之物，只要回家後努力耕耘，勤快地餵養家畜家禽，錢勢必就會滾滾而來。然而有錢卻不一定能碰到像甜甜這種絕世佳人，此次能讓他遇到，不也是他的福分麼！貓仔馬俊愈想愈爽，愈想愈興奮，他冀望今天過後明天能早點來臨，他將與這個人見人愛的四川美女，共度五天一百二十個小時的美好時光。

回到他與烏鼠清仔下塌的小旅館，一見面烏鼠清仔就數落他說：「貓仔馬俊，你毋通亂亂走，若予走無去，我著對恁老爸歹交代。」

「你安心啦，雖然是第二次來廈門，但是路頭佇咱的嘴內，若毋捌路稍問一下，平平是中國人，逐個攏嘛誠熱心共咱講，𣍐行無路啦！」貓仔馬俊神情怡悅地說。

「貓仔馬俊，看你笑頭笑面，又擱滿面春風，我看你有偷偷走去爽喔，是毋？」鳥鼠清仔開玩笑地問。

「老實共你講啦，我今仔日拄著一個四川查某，人媠氣質好，奶大尻川翹，規身軀白泡泡、幼綿綿，人講四川出美女誠實無毋著。」貓仔馬俊比手畫腳，說得口沫橫飛，興奮的神情溢於言表。

「豬哥神，」鳥鼠清仔不屑地，「講著查某，你著白泡瀾直直流，若予恁老爸知影，你下次毋免數想欲來。」

「講著咱厝的查某，我實在愈想愈氣。雖然我較早歹囝，但是我嘛是有咧改過。這幾年來，阮爸叫媒人四界共我做親情，逐個攏嫌我歹底毋嫁我，這口氣我實在吞𣍐落。平平是查甫人我毋驚你笑啦，咱作伴來二次廈門，我第一砲拍湖南的妞妞，第二砲拍四川的甜甜，講偌爽著有偌爽。毋是我該己咧臭彈，來到這個鬧熱繁華的城市，若是褲袋仔內有錢，毋免驚揣無媠查某啦！」

「貓仔馬俊，錢歹趁喔，較儉的較無蠓。毋通𣍐記的，恁老爸佇咱厝是咧拚老命。」烏鼠清仔勸著說。

「拚一世人有啥物路用，甘願做一個守財奴，有錢𣍐曉開是傻瓜啦！」貓仔馬俊不認同地說。

「我看後次我毋敢擱招你來啦……。」烏鼠清仔似乎有所顧慮。

「廈門咱已經來二逝啦，路頭對我來講應該毋是問題。後次你若毋招我作伴來，我該己來予你看覓，看我是毋是會行無路。」貓仔馬俊神氣地，「我已經佮甜甜約好啦，明仔日伊欲帶我去四界佚陶，可能會去四、五日，這段時間你行你的路毋免管我。咱欲倒去彼一日，我會來去碼頭佮你會合。」

「你講誠實的、抑是講假的？」烏鼠清仔訝異地。

「當然嘛是誠實的。」貓仔馬俊正經地說。

「想𣍐到你貓仔馬俊比我較厲害，赫有查某緣；若是看佮意，緊共伊娶來做某。」烏鼠清仔羨慕地說。

「錢去死，人趁爽，會佮意𣍐佮意以後才擱講！」

「你這句話雖然講了真婧氣，但是我猶原著提醒你，看著婧查某千萬毋通眩船，若無，你會死袼誠歹看。」烏鼠清仔再次提醒他說。

「你放心，我已經食眩船藥啦！」貓仔馬俊一副無所謂的樣子，卻也不忘提醒他說：「我共你講喔，佇廈門所有的事志，若是倒去咱厝，你是毋通大喙舌四界講，若講予阮老歲仔知影，穩予伊罵半死。」

「貓仔馬俊你放心，我毋是彼種大喙舌的人，你安心去佚陶，帶來的錢若開完，你著會死心啦！」烏鼠清仔搖搖頭感歎著說。

而就在同時，烏鼠清仔心裡亦有所警覺，往後絕不能再和他結伴同行，因為他喜歡的是這個都會裡的聲色場所，是那些妝扮得妖嬌艷麗的神女。而這些在歡場中打滾的女子，憑著她們豐富的經驗，往往會抓住男性的弱點，再使出渾身解數，復以各種不當的手法來搾取他們的金錢。倘若男人沉迷不悟，忘了逢場作戲這個道理，一味地想從她們身上佔到便宜，那是夢想。一旦貓仔馬俊沉迷於此而惹禍上身，回去將如何向他老爸交代。故此，他不得不有所擔憂。

翌日，貓仔馬俊依約與甜甜見面，她穿著時尚流行的淑女裝，戴著高級墨鏡，足蹬黑色半高跟鞋，其高雅嫵媚的氣質，放眼在這個都會裡穿梭來往的女性，也鮮少有人可與其相媲美，因此，讓貓仔馬俊興奮不已。

「甜甜，妳真美。」貓仔馬俊看看她，由衷地說。

「楊先生，我美你更帥，」甜甜說後，竟主動地挽著他的手臂，兩人緩緩地走著。「我倆走在一起，是不是很搭配？」甜甜仰起頭看看他，低聲地問。

「那是我的榮幸，我做夢也想不到會有今天。」

「楊先生，和你走在一起，我感到有一種前所未有的安全感和幸福感。」

「放心吧！甜甜，儘管我是這個城市的陌生客，但我會竭盡所能來保護妳。」貓仔馬俊側過頭，柔情地問：「我們先到哪裡？」

「如果你不介意的話，我們先逛逛百貨公司。」甜甜深情地望著他。

「好啊！」貓仔馬俊爽快地說。

於是兩人坐上計程車，甜甜緊緊地偎依在他的身旁，儼若是一對熱戀中的情侶，讓貓仔馬俊更加地陶醉而忘了自己是誰。

他們停留在百貨公司高級化粧品的專櫃前，甜甜對每一種化粧品都顯得極為新奇，似乎有愛不釋手之感。她時而東張張西望望，時而把包裝精緻的瓶罐拿在手中端詳又放回，時而以一對惹人憐愛的眼神看看貓仔馬俊。

「如果看中意的就買，錢我來付。」貓仔馬俊大方地說。

「這怎麼好意思。」

「別跟我客氣。」

終於，甜甜聽到這句她期待已久的話，於是她毫不客氣地東挑細選，除了他聽過的口紅外，其他如：深層潔淨洗面乳、化妝水、保濕乳液、美白霜、卸妝水、美甲油、面膜……等等，都是他這個從鄉下來的大男人未曾聽過與見過的。然而，當專櫃小姐把帳單遞給他時，簡直讓貓仔馬俊傻了眼，他再怎麼想也想不到，幾瓶包裝雖精緻，看來卻不起眼的化粧品，竟要人民幣千餘元。當他面對著帳單正在猶豫時，甜甜則適時地搶先說：

「楊先生，不好意思，讓你破費了。」

「小意思啦！」貓仔馬俊不得不強裝笑顏，硬著頭皮掏錢結帳。

走出百貨公司，甜甜並沒有帶他到各地景點參觀，僅只在街道上閒逛，唯一讓貓仔馬俊感到自豪的，就是偎依在他身旁的，是一個姿色出眾的美女。但是這個美女，若以傳統女性的觀點來審視，與她亮麗的外表是有明顯差異的。她的美，是建構在她虛偽不實的外觀，而非誠摯純潔的心靈，就彷彿是一隻披著羊皮的母狼，看來似乎溫馴，但勢必會伺機把身邊的公羊吞噬。然而，戇如公羊的貓仔馬俊，即使吃了暈船藥，遇到風浪則依舊暈頭轉向，任由旁人來擺佈。

臨近中午時，貓仔馬俊貼心地問：

「肚子餓了吧？」

「你怎麼會那麼瞭解我。」甜甜嘴角，掠過一絲愜意的微笑。

「妳喜歡吃什麼？」

「你呢？」甜甜反問。

「妳吃什麼，我就吃什麼。」

「你真貼心！」甜甜興奮地笑笑，而後說：「我們吃西餐好嗎？」

「好啊，」貓仔馬俊呼應她，竟也坦誠地說：「我沒吃過西餐，可能連刀叉都不會用。」

「楊先生，你除了人長得帥，心思也相當縝密，頭腦更是一級棒，兩支小小的刀叉，豈能難倒你。」甜甜的小嘴，與其容貌一樣甜。

喝足了迷湯的貓仔馬俊，萬萬想不到兩客西餐竟花掉他五百元人民幣，而五百元足可讓他和鳥鼠清仔在路邊攤吃十餐。他雖然感到心疼，但若以甜甜的穿著和妝扮而言，她走的勢必是上流社會貴婦人的路線。即使她從事的是特種行業，然而受到現實環境以及傳統道理已淪喪的使然，笑貧不笑娼的觀念似乎兩岸偕同。人往往又喜歡以貌取人，不明就裡的人看到如此的穿著和妝扮，毫無疑問地，一定會把她歸類為貴婦。兩客西餐花掉五百元人民幣，在高官或有錢人眼中又算得了什麼，可是在裝闊的貓仔馬俊心裡，則有不一樣的感受，真是別有一番滋味在心頭。

「還習慣西餐的口味吧？」走出餐廳，甜甜緊緊地挽著他的手臂，並把頭微微地斜靠在他的臂膀。即使是熱戀中的男女，在眾目睽睽之下，也鮮少有如此的舉止。

「西餐和中餐是兩種不同的口感和吃法，確實是別有一番滋味。」貓仔馬俊雖然強裝笑顏，但一聞到甜甜的髮香和體香，一聽到她嬌滴滴的聲音，身上所有的筋骨彷彿都快酥了。

「想不到我們的興趣竟是那麼地相同，楊先生，能認識你真好！」

「我內心也有同樣的感受，甜甜，我們真是有緣啊！」

然而，他們結下的似乎是「錢緣」而非「情緣」，當錢緣用盡，情緣便不再。不久，

「甜甜」勢必就要變成「鹹鹹」，這是社會現實，不能怪她無情。該怪的或許是已服用暈船藥卻仍然暈船的貓仔馬俊。

剛喝過下午茶，距離晚餐的時間已不遠；吃過晚飯不久，宵夜的時間又到。當他們回到酒店洗完澡，即使兩人赤裸裸地躺在一張床上，甜甜亦善盡她職業的本能，以她那雙輕巧的小手，不斷地給予愛撫和按摩，不斷地以迷湯來餵食他。可是不久，疲憊已取代性趣，熾熱的慾火已逐漸地冷卻，原想做一夜七次郎的貓仔馬俊，儘管年輕力壯，然因縱慾過度又整天四處閒逛，體力已不勝負荷，不一會即呼呼大睡，讓「有食」擱「有掠」的甜甜暗暗地爽著，也印證了「查甫人毋通賭一支喙」的玩笑話。

仔細地一算，兩千元的伴遊費，復加上送給她的化妝品，以及吃西餐、喝下午茶、吃晚餐、吃宵夜，與四星酒店住宿費……等等，短短的一天，就花掉他好幾千元人民幣。除了滿足他的虛榮心和慾望外，他又得到了什麼？儘管他曾經做著一夜七次郎的美夢，但畢竟力不從心，只有乾過癮的份。更何況他攜帶的金錢有限，倘若不加節制而揮霍無度，不即時回頭而癡迷不悟，不出幾天，口袋必定清潔溜溜，屆時，他嚐的將不是甜頭，而是吞下苦果。

翌日，兩人睡到近十點才起床，但並沒有下樓享用酒店提供的免費早餐，而是經由櫃台服務人員直接送到房間的餐點。除了咖啡外，貓仔馬俊對於盤中那一小塊一小塊西點名稱則是一無所知，甚至吃到盤子朝天，喝到咖啡杯裡點滴不剩，依然沒有飽足感。而甜甜則是用銀色的小叉子和小湯匙，時而咖啡，時而西點，並以貴婦人之姿，一小口一小口細嚼慢嚥，優雅地品嚐各種美味。然而這頓早餐，豈是三五十元可解決的事！一個在小島上以農為生的作穡人，即使略有儲蓄，但每一分錢都是用汗水換取而來的。可是為了一個在都會裡從事性交易的應召女郎，卻甘心做一個散財童子，試圖以此來凸顯他的財富。果真如此，他的想法和作法未免太幼稚、太天真了。

午餐時，兩人依然手挽手，濃情蜜意地走進一家裝潢設備堪稱一流的川菜小館。甜甜一口氣點了五道辣味十足的家鄉菜，只見她吃的津津有味，不斷地稱讚廚師的好手藝，既夠鹹又夠辣，的確是佳餚中的佳餚。而貓仔馬俊則是被辣椒嗆得眼淚與鼻水直流，又不停地咳嗽，最後僅以白飯果腹。

「楊先生，真不好意思，我不知道你不敢吃辣椒。」甜甜雖然感到歉疚，筷子則未曾停過。

「沒關係，只要妳喜歡就好。」

「好久沒有享受這種既辣又鹹的家鄉口味了。楊先生，非常感謝你，彷彿讓我回到自己的家鄉，真是辣得夠勁！」

「只要妳喜歡就好。」貓仔馬俊唯一能說的，或許只有這句話。

「楊先生，聽說有一家服飾店老闆，賺飽錢後準備移民到國外，有意把店轉讓給人家，不知你有沒有興趣去看看？」甜甜突然說。

「對服飾這種行業，我是外行啊。」

「坦白說，廈門最能賺錢的就是賣服飾，商家幾乎都以其獨到的眼光，抓住時下年輕人追求時尚的風潮，從國外引進許多設計新穎卻又高品質的男女服裝，可說貨品一到，就供不應求。如果你有意在這裡投資，服飾這個行業可以列入優先考慮，起碼賣一件賺一件。」

「所謂隔行如隔山，我怕投資失敗對不起老爸。」

「如果你有投資的意願而信任我的話，屆時我可以幫你忙啊！」

「妳不是一個月能賺五六萬元嗎？這份薪水我怎麼付得起。」

「楊先生，我現在賺的是皮肉錢啊，」甜甜低聲地說：「那畢竟不是長久之計。」

「既然這樣，我們就去看看吧！」

於是，兩人會心地一笑。然而，甜甜心存的是什麼？貓仔馬俊想演的又是哪一齣戲？誰也不得而知，或許只有他們兩人的心裡最清楚。

甜甜說的那家服飾店座落於鬧區，規模不小、門庭若市，高品質的男女服飾林林總總璀璨奪目，甜甜要貓仔馬俊在外等候，自個兒在店裡轉了一圈，復與店員交頭接耳後始走出來。

「楊先生，真巧，老闆剛出去辦事不在，不過我已詢問過店員，證實他們老闆即將移民到加拿大，除了服飾要轉讓，店屋也要出租。」

貓仔馬俊不置可否地點點頭。

「楊先生，倘若你有意願，一旦你不能在這裡久留，我可以代表你跟他們接洽。結果如何，我們隨時保持聯絡。」

「這倒是一個兩全其美的好辦法。」

「楊先生，你信得過我嗎？」

「甜甜，雖然我們認識的時間很短，彼此之間瞭解不深，但能認識妳，不能不說是一種緣分。若以妳的美貌、氣質和談吐而言，從事目前這種工作實在有點可惜，如果我們真能在商場上合作的話，假以時日絕對能有一番作為。」

「你準備在這裡投資多少？」

「幾百萬人民幣是跑不掉的！」

「短時間內能籌措到那麼多錢嗎？」

「錢，對我來說絕不是問題。」貓仔馬俊神氣地說。

「楊先生，可能是我多慮了。其實從我們相處的這幾天裡，便可看出你的經濟能力。就比如昨天吧，你起碼花掉好幾千元人民幣，但是你連眉頭都沒有皺一下，的確讓我既羨慕、又敬佩、又感動。」甜甜適時地灌迷湯。

「幾千元算不了什麼啦！」貓仔馬俊輕鬆而不在乎地說。

「楊先生，你真有辦法！」甜甜投以羨慕的眼光，「有你這位既多金又慷慨的朋友，我感到榮幸。」

「這輩子為了事業，把自己的婚事也耽誤了，想不到此次一到廈門，就遇到妳這位如花似玉的小姐。經過短暫的相處，我深深地感受到，妳不僅僅只是漂亮而已，誠懇、善良，又善解人意，才是妳甜甜最大的優點。將來誰能娶到妳，那才是他最大的福分！」

甜甜興奮地笑笑，笑得很愜意、很燦爛。

然而，貓仔馬俊再怎麼想也想不到，他的一番話居然能取信於一個在應召界打滾多時的女子，讓她做了一百八十度的大轉變。後續的幾天，她竟不再收取他高額的伴遊費，甚而吃喝玩樂亦毫不吝嗇地搶著付錢，若與之前相較，簡直判若兩人。甚至還有意無意地對他釋出愛慕之意，的確讓貓仔馬俊受寵若驚。甜甜除了人長得漂亮，亦非是那種「大奶無智慧」型的女人，她是想放長線釣大魚？還是愛的幼苗已然在他們心中滋長？抑或是是貓仔馬俊的狗屎運來了？世間，確實有許許多多讓人料想不到之事。除非甜甜的頭殼壞去，要不，就是各有自己的盤算，事情才會有如此快速的轉變。他們心裡到底想的是什麼，或許，必須經過一段時間的觀察，方能見真章。

快樂的時光過得特別快，五天在轉瞬的剎那間已消逝得無影無蹤。在貓仔馬俊眼裡，即使甜甜目前從事的是應召女郎，但誰敢說她將來不能成為一個賢妻良母，如果能把她娶回家做老婆，可能是島上最美麗的大陸新娘，又有誰知道她真正的底細和身分呢。可是他承諾的是要在廈門投資，而且是幾百萬人民幣，一旦他的西洋眼鏡被拆穿，變成一隻讓人瞧不起的「膨風水雞」，想必甜甜就會一腳把他踢開，遑論想娶她為妻。既然這齣戲已啟幕，只好陪她演下去了，大不了把口袋裡的錢全數花光，讓這齣戲就此落幕，往後各走各的路，誰又管得了誰。就誠如他對鳥鼠清仔所說的「錢去死，人趁爽！」人生只不過是如此而已，其他又有什麼好計較的。

誠然，人是感情的動物，一旦相處久了，日久便能生情。即使他不忍心以花言巧語來騙取她，但迫於現實環境的無奈，除了出此下策之外，他又能以什麼來博取她的好感和歡心呢？倘若純以金錢做交易，他身上那幾文錢早已被搾乾了。而此時，她赤裸裸地躺在他的身邊，雪白的肌膚任由他撫摸，紅色的櫻桃小丸子任由他吮吸，在廈門最後的一夜裡，即使男女交媾對他來說已不新鮮，可是在甜甜的柔情裡，他仍舊展現男性的雄風，深入到她那盈滿著春水的溝渠裡，盡情地享受他在異鄉的最後一夜。

「楊先生，你是準備投資其他生意，還是有意頂下那家服飾店呢？」甜甜柔聲地問。

「依妳的看法呢？」

「如果談好條件頂下服飾店，馬上即可營業。如果投資其他生意則必須重新評估。說不定服飾店的成本已回收，其他投資的事還沒著落。」

「說來也是，」貓仔馬俊氣勢十足地說：「我回去後，這件事就由妳跟他們接洽，然後我們以電話保持聯繫。」

「如果談妥後他們要求先付訂金，那怎麼辦？」

「妳把銀行的帳戶告訴我，我會設法把錢匯到妳的戶頭。」

「楊先生，你真的那麼信任我嗎？」

「甜甜，豈止信任，如果妳願意，我還想把妳娶回家做老婆。屆時，妳就是我們島上最美麗的大陸新娘了。」

「雖然我們認識的時間僅只幾天，或許你對我還不十分瞭解，但在我的眼裡，你就是我尋覓多年卻又可託付終身的伴侶。」甜甜緊緊地把他抱住，興奮地在他唇上吻了好幾下，「楊先生，我們先創業再結婚，但願我真是你們島上最美麗的大陸新娘！」

於是兩人抱得更緊，軀體的接觸更加地密合，沒有留下一點點空隙，甜甜充分發揮她職業的本能，盡心地讓貓仔馬俊享受男女交媾的樂趣，比起那春宵一刻值千金的新婚之夜，可說是有過之而無不及。然而，一切是否真能如他們所願，貓仔馬俊口中幾百萬人民幣的投資資金將從何處來？他們家所有的房產田地全部賣掉，再加上原本的存款，也只不過是區區新台幣兩三百萬元而已。儘管在純樸的農村，他們家被歸類為「好額人」，但距離幾百萬人民幣尚遠。可是先人遺留下來的田園厝宅能賣嗎？更何況家中尚有跛跤膨豬這位大人，由不得他擅自作主。貓仔馬俊的狂言，或許只能以「說的比唱的好聽」與「吹牛不犯法」來形容吧！

然而甜甜是否相信他的說法呢？至少目前是毋庸置疑的，因為在這段時間裡，她已從他身上獲得應得的報酬。憑她甜甜在歡場上的資歷，幾乎形形色色的男人都見過，豈會讓人白嫖，豈會拿著出賣靈肉的辛苦錢去倒貼男人。坦白說，甜言蜜語她聽多了，她的美貌和身軀足夠讓許多男人神魂顛倒。她之於赤裸裸地躺在床上迎合男人並非自己所願，而是為了錢，為了能回到家鄉蓋一棟樓房做為父母親的棲身之所，故此不得不以女性的原始本能換取金錢。讓她啼笑皆非的是，即使她為了錢而虛應故事，但一些自作多情的男人則誤以為她喜歡他、愛他，甚至想娶她為妻。多年來她何曾沒有想過要找一個可靠的男人託付終身，然後洗心革面做一個稱職的家庭主婦。可是好男人不會要她，不務正業的男人則另有所圖，她豈是一盞省油燈。往後無論是那一個男人，倘若想玩她、耍她、騙她，她樂意捨命陪君子，大家就等著瞧吧！出生於小小島嶼的貓仔馬俊，即使在家鄉花招百出，但憑他那點小招數，豈是見過大世面的甜甜的對手？或許好戲在後頭吧……。

第十三章

從廈門回來後，為了取信父親，貓仔馬俊似乎比之前更加地勤奮和孝順，並主動地把準備在廈門投資的事，向父親稟告。

「廈門有一間賣衫褲店，頭家趁真濟錢，準備毋做欲移民去加拿大，店欲租人，衫褲欲割予人，阮朋友有去佮個接頭，可能真緊著有消息。」

「賣衫褲你敢有內行？」跛跤膨豬疑慮地問。

「阿爸，衫褲攏是進口的高級成衣，男女裝攏有，內面有標價。聽阮朋友咧講，賣一領會使趁一領，誠好趁。」

「恁朋友敢是廈門人？」

「毋是啦，伊是四川來廈門食頭路的，是查某囡仔，叫著甜甜，人古意氣質擱好，是做生理的好跤數。」

「割彼間店著偌濟錢，你敢有稍算一下？」

「彼日甜甜有帶我去看過，但是頭家有事志出去，詳細的情形伊會擱敲電話佮我聯絡。」

「你佮彼個四川查某囡仔，啥物時陣熟似的？」

「熟似誠久啦。」

「既然佮人做朋友，著真心真意、好好對待人，𣍐使講大空話共人騙。」跛跤膨豬太瞭解自己的孩子，不得不提醒他說。

「四川查某食辣椒大漢的，毋是赫爾好騙。這遍佇廈門，無管是食佮佚陶的錢，攏嘛是伊出的。用伊誠濟錢，我該已感覺真歹勢。」

「既然伊對你赫爾好，你對伊也著起工。人佮人的人格是相等的，一定著互相尊重，毋通數想欲佔人的便宜。」跛跤膨豬再三地叮嚀著。

「𣍐啦，我𣍐赫爾現實。」

「我知影你這幾年來改變誠濟，嘛誠搰力咧拍拚，予我真安慰。雖然欲緊共你娶某，但是攏無揣著好親情，可能是緣分還未到。你若是對彼個四川查某囝仔有佮意，這種機會毋通予錯過。」

「阿爸，隨緣啦！婚姻這種事志𤆬使勉強的。講實在的，我看了真開，緣分若到，伊自然著來；若是無緣，伊今仔日踏入咱兜的大門，明仔日又擱綴人走。若是按爾，著無彩工啦！」

「你講的無毌著，娶某是欲同甘共苦湊陣一世人，若是娶來無三日又擱綴人走，彼聲著見笑死啦。」

「阿爸，著親像較早阮阿母綴兵仔走，予你鬱卒幾落日彼一樣。」

「講著彼個猶查某，緊去緊好，雖然某綴人走歹名聲，但是啥人會知影，彼陣我予治咯𤆬放屎。」跛跤膨豬感歎著，「毌是我咧講大空話，若是像彼款查某綴兵仔去台灣，絕對無好日子通過！」

「講著阮阿母，你抑是赫爾憤慨，可見你抑擱咧怨恨伊。」

「莫擱提起這個猶查某啦，若無，誠實會氣死驗無傷。」跛跤膨豬搖搖頭，苦澀地笑笑。

「阿爸，你銀行抑擱有偌濟錢？」貓仔馬俊改變話題，試探著問。

「你問這欲創啥物？」跛跤膨豬反問。

「咱若是欲共廈門彼間衫褲店割來做，可能著𤆬少錢。」

「若是創業，我會盡我的力量來幫助你。濟無啦，一百外萬仔有啦。但是我也著提醒你，無論做啥物事志，攏著三思，毋通莽撞。你這陣已經三十歲，若是像人早娶某，老早著囝兒成群啦。雖然三十歲來創業有較晚淡薄，畢竟每一個人的運途無仝款，希望你著好好拚，拚出一點仔成績予人看，毋通予親情五月看笑話。」跛跤膨豬語重心長地囑咐著，「聽講從兩岸開始通往後，廈門佇發展擱較緊，誠濟人攏去彼爿趁食。但是你著記的，人愈濟愈鬧熱的所在，相對的，社會必然也會較複雜，無論交朋友抑是做生理，目睭一定著展予金，千千萬萬毋通予人騙去！咱兜每一分錢，攏是咱爸仔囝勤儉賰落來的，若是共伊匪了了，就枉費咱拍拚一世人。」

「阿爸，你放心，這遍去廈門投資，我該已經訂一個會使成功，𣍐使失敗的目標。而且甜甜伊也答應欲共我湊相共，增加我誠大的信心。你毋免煩惱啦！」貓仔馬俊信心滿滿地說。

貓仔馬俊之前對父親說「想到廈門做生意」，只不過是想去玩玩的藉口；對甜甜說「準備投資幾百萬人民幣」，亦只是以謊言來博取她的好感而已。如今既已得到父親願意幫助的承諾，至少亦有百餘萬新台幣可運用，雖然折合人民幣僅只幾十萬，但有總比沒有好。一旦甜甜與服飾店談妥轉讓的條件，只要是在這個數目的範圍裡，勢必就能水到渠成。除了對甜甜有一個交代外，他的狂言竟也能成真，這是他料想不到的事。倘或因此而能把甜甜娶回家，更是兩全其美的事。如果服飾店真能頂盤成功，又能獲得甜甜的青睞而結成連理，往後只要夫妻兩人同心協力、好好經營，必能在異鄉創造一個讓鄉人也感到驕傲的事業。然而，凡事似乎也不能高興太早，在這個變化多端的社會，有時人算不如天算，想像不到的事多如鳳毛麟角，這是貓仔馬俊必須去深思的問題。

巧而，貓仔馬俊剛結束與父親的談話，甜甜的行動電話就在此時響起，她告訴他說，經過服飾店老闆盤算後的結果，店裡的裝潢設備以及庫存貨品，大約在八十萬元左右，店租每月二萬元，店屋押金六萬元，倘若有意頂盤，必須先付訂金五萬元。貓仔馬俊聽到這個消息後，二話不說馬上答應，因為這些數目都在父親答應幫助的範圍之內，絕對沒有問題。

「真的沒問題！」從甜甜在電話那頭的尖叫聲，其興奮的程度不言可喻。

「當然沒問題！」貓仔馬俊保證著。

「楊先生，我太高興了，不久我們即可生活在一起，共同為我們的未來而奮鬥。原以為你只是說說而已，想不到你竟是一個信守承諾的男人，我沒有看錯人。」

「甜甜，希望這一天很快就會來到，」貓仔馬俊也難掩內心的喜悅，「我很快就會設法把五萬元訂金匯到妳的戶頭，以後不管付什麼錢，一定要請他們寫收據，以免將來空口無憑。」

「你放心，我又不是傻瓜。」

「我知道妳不僅漂亮，也很聰明，更是善解人意。像妳這種女孩，想讓人不愛也難啊！」

「或許我們有緣吧！」

「不錯，我們的相識，簡直應了『有緣千里來相會，無緣對面不相識』這句俗諺。甜甜，現在我要大膽地對妳說……。」

「說什麼？」甜甜反問。

「說……。」貓仔馬俊依舊說不出口。

「說什麼？」甜甜又問。

「說、說、說，說我愛妳！」

「說這句話，有那麼困難嗎？」

「雖然不難，就是說不出口。」

「楊先生，我的身體不都全給你了嗎，怎麼連這句話也說不出口呢？是不是你根本就沒有愛過我？」

「甜甜，我簡直愛死妳了，難道妳不知道？」

「我以為你只想以金錢來換取我的身體，想不到在短短的時間裡，竟能衍生出這份感情。楊先生，你真的不計較我的過去嗎？」

「我們家鄉有一句『欲娶婊來做某，毋娶某去做婊』的俗語話，當妳瞭解它的意涵時，就會同意我的說法。」

「但願我們都不會被彼此所騙。」

「日久見人心啊……。」貓仔馬俊似乎有點心虛。

然而，誰願意騙人，誰願意被人騙，誰又騙得了誰，世間的確有許許多多的無奈。尤其人在迫不得已的情境下，什麼點子都想得出來，什麼事都做得出來，雖然人類被尊稱為萬物之靈，一旦被環境所迫，勢必也會狗急跳牆。即使貓仔馬俊年少時曾浪蕩過一陣子，並以歹囝聞名這個小島，而現下是否已徹底地改過，還是本性難移又會重施故技，誰也不得而知。

雖然他無意騙人，但以誇大不實的言詞來迷惑他人，而後達成自己的目的，是否也是屬於騙術的一種？但願他能信守承諾，即便沒有能力投資幾百萬人民幣，也得竭盡所能把服飾店頂盤下來，別再淪為空口說白話的騙徒，把甜甜耍得團團轉。可是他做得到嗎？在聲色場所打滾多年的甜甜會輕易地受騙嗎？凡此種種，總是需要時間來考驗，旁人豈能作無謂的臆測。

若以此時來說，彼此之間似乎都展現出十足的誠意，跛跤膨豬亦有心要來幫助兒子創業，但是可資助之資金只不過是百餘萬元新台幣，折合人民幣僅只幾十萬而已，與貓仔馬俊準備投資幾百萬人民幣的狂言落差很大。或許甜甜在意的並非這些，只要能順利地頂下服飾店，她的目的便已達成。果真如此，除了能脫離出賣靈肉的苦海外，馬俊這個男人亦身強體壯、帥氣十足，出手又大方，對她更是體貼有加，雖然兩人認識的時間不長，但世間絕對有一見鍾情的情緣存在。況且，自己是什麼身分自己瞭解，只不過空有一張讓人不討厭的面龐而已，倘使人家不嫌棄，她又能挑剔什麼呢？一旦兩人真能步入婚堂，而後事業有成，他將來一定可以協助她，完成在四川老家蓋新屋的美夢。每當甜甜想起這件事，嘴角總會浮現出一絲燦爛的微笑，而這抹微笑是否能常掛她面龐，或許，一切仍是未知數……。

貓仔馬俊依照甜甜的囑咐，先匯上訂金新台幣五萬元，可是不久，甜甜的電話又來了。

「楊先生，不知是我沒說清楚，還是你沒聽清楚，訂金不是新台幣五萬元，是人民幣五萬元。」甜甜急促地解釋著說：「我所說的都是以人民幣來計算，不是新台幣啦。」

「什麼？」貓仔馬俊訝異地，「訂金人民幣五萬元，折合新台幣不就要二十幾萬元嗎？」

「不錯，就是這樣。」

貓仔馬俊一時愣住，不知如何回答才好。

「你要趕快補匯過來，要不，就來不及了。」甜甜催促著。

「好，」貓仔馬俊猶豫了一下，「我重新算一算再匯過去。」說後隨即掛斷電話，也同時陷入沉思中。

倘若全部以人民幣來計算，那可不得了。如依甜甜的說法：光店裡的設備及貨品折合新台幣就要三百二十餘萬元，店租每月則高達八萬餘元，押金則要二十四萬餘元，與父親擬資助他的百餘萬元相差懸殊，餘額他不知要到哪裡去籌措。因此，貓仔馬俊後悔說了大話，原本想騙騙她，冀望能博取她的好感，以便進一步的交往，想不到甜甜竟把這件事當真，甚至有和他廝守終身的打算。依目前的情況而言，如果不設法籌錢，他這隻「膨風水雞」的西洋眼鏡，將很快地被甜甜那個「趁食查某」拆穿，往後所有的一切終將歸零。倘使要達成她的願望，那筆龐大的資金要從何處去籌措？平日喜歡耍點小聰明的貓仔馬俊，此時竟陷入兩難中。然而為了男人的自尊，為了面子起見，為了能「娶婊來做某」，他決定先把這筆訂金的差額匯過去再說。至少，能暫時讓甜甜知道，他的經濟實力是不容懷疑的，其他的走一步算一步。萬一資金不足而頂盤破局，諒她也不敢私自吞掉這筆錢，終究還是會還他的，因此，他一點也不擔心。

幾天後，甜甜的電話又來了，她說：

「阿俊，訂金已付給他們了，他們開立的收據我會收好。可能再過一段時間，他們就能把庫存的貨物盤點出來，一旦我們把錢付清，他們就會把貨物點交給我們。接下來就是訂立店屋租賃契約，然後我們即可開始營業。阿俊，你真有辦法，想不到你才三十歲就有這種實力，讓人既羨慕又欽佩，以後跟著你，絕對不會吃苦！」

「甜甜，這點錢算不了什麼實力啦！妳放心，我不是一個無情無義的人，不會辜負妳的！往後正式營業時，妳可要多費神，不要忘了，妳也是這家店的主人。」貓仔馬俊極其自然地說。

「只要你信任我，我義不容辭，絕對會任由你差遣、使喚。我也會善盡一個女人的職責，全心全意來服侍你，絕對比之前我們纏綿在一起時，還要讓你感到興奮和歡悅。而且我也必須向你保證，今生今世，我甜甜的身體完完全全屬於你阿俊一人所有！」

「我能體會到妳的心意，在我的眼裡，妳始終是一個值得令人疼惜的好女孩，除了美麗善良外，之前和妳在床上纏綣纏綿時，妳激昂的情緒和熱情，至今仍然讓我回味無窮。甜甜，但願往後的人生歲月，妳真的只屬於我一個人所有，我會讓妳過著幸福快樂的美好時光！」

「阿俊，但願如此……。」

「甜甜，我的寶貝……。」

在一陣濃情蜜意的電話交談後，貓仔馬俊的煩惱才要開始。二十餘萬的訂金雖已付，繼而地將是那筆三百餘萬的貨款。倘若扣除父親的資助款，尚不足二百餘萬元，他實在想不出任何辦法去籌措。當甜甜再次以電話來催促時，他不得不編一個故事來圓謊。

「甜甜，真是不巧，我跟了三個五萬元的會，原以為標兩個就足夠付他們的貨款。當我急著用錢的時候，竟然連一個也沒有標到，妳說氣不氣人？」

「還有其他辦法嗎？」

「銀行有一筆五百萬元的存款，存的是我老爸的名字，又尚未到期，如果中途解約，我爸一定不肯。」

「那怎麼辦？」

「是不是能請他們暫時緩一緩。」

「要緩到什麼時候？」

「等我標到會。」

「如果標不到呢？」

「那是不可能的……。」

甜甜原本火熱的心，此時已涼了半截。她不自禁地想，三個五萬元的會，如果有心要標，了不起標高一點，多付一點利息，焉有標不到的道理？他老爸的五百萬存款，如果為了創業而中途提款，又能損失多少利息錢？從種種跡象顯示，根本就是在欺騙她。然若從他匯來二十餘萬新台幣的訂金來看，則是誠意十足，並沒有欺騙她的意圖，甜甜愈想愈懊惱，愈想愈想不出一個所以然來。那晚，她獨自喝了一點酒，隨後卻接了一通應召的電話，本想從此退出這個販賣靈肉的聲色場所，但她卻改變初衷，拎著手提包搭乘計程車前往。而萬萬想不到，經過自我介紹後，這個綽號叫老枝伯仔的王姓中年人，竟是來自對岸的小島上。

在甜甜的眼裡，若從外表來看，老枝伯仔雖是一個紳士，但在床上則是花招百出，猶如是一隻老豬哥，要玩個夠本才甘心。情緒正陷入低潮的甜甜，根本無心和他計較，自個兒躺在床上，就如同是一個木頭人，任由他擺佈。她倒要看看，這個年屆耳順、足可當她父親的老年人，能維持多久？能展現多少男子的雄風？想不到他上面有想法，下面卻沒辦法，不僅垂頭喪氣、欲振乏力，雖然勉強上陣，但很快地就成了一隻鬥輸的敗犬。於是在草草收場後，甜甜趁著這個難得的機會，問他說：

「你可認識楊馬俊先生這個人？」

「當然認識，他在我們哪裡，以前可曾是出了名的人物。」

「聽說他家的事業做很大？」

「妳聽誰說的？」老枝伯仔反問她。

「他有意在廈門投資做生意。」

「妳怎麼知道？」

「我曾經接過他的客，他親口告訴我的。」

「他告訴妳要投資什麼生意？」

「他說準備在這裡投資幾百萬人民幣，目前的計劃是先頂下一家服飾店。」

「幾百萬人民幣？」老枝伯仔詭譎地笑笑，「不錯，他父親是一個忠厚老實的農夫，因為腳部有點缺陷，鄉人都叫他跛跤膨豬。但他安貧樂道、勤於耕耘，加上平日省吃儉用略有儲蓄，一兩百萬新台幣可能有，如果他兒子說要投資幾百萬人民幣，或許有點誇大其詞，也是我們俗稱的膨風水雞啦！」

「楊馬俊這個人怎麼樣？你知道他的家庭狀況嗎？」甜甜試探著問。

「怎麼，妳想嫁給他是不是？要不，妳打聽這些做什麼？」老枝伯仔笑著問。

「沒有啦！」甜甜有些尷尬，「他出手很大方，曾經給過我一千元新台幣的小費，讓我印象深刻。現在我只是好奇地隨便問一問而已啦！」

「既然只是好奇，跟妳聊聊也無所謂，反正妳也不是要嫁給他做老婆。提起貓仔馬俊這個名字，在我們島上可說無人不知、沒人不曉。他並非是他父親的親生骨肉，而是他母親跟一個副村長發生關係所生的。因為副村長已有家室，他父親卻因腳部有缺陷而遲遲未婚，經親友的撮合，他母親始帶著有孕的身子，嫁給他父親。可是他讀小學時，母親竟又跟一個軍官跑了。自此之後，他父親身兼母職把他拉拔長大，並供他讀中學。但是他卻誤交損友，不好好讀書又在校滋事，終於被學校退學。離開學校後，並沒有徹底地反省思過，反而變本加厲，成群結黨，在島上打架滋事、騙吃騙喝。後來終於踢到鐵板，被人狠狠地痛毆了好幾次，經過如此的教訓後，近幾年來才學乖了一點。但是江山易改，本性難移啊，這種人說的話，隨便聽聽就好。」

「原來是這樣喔！」甜甜不僅感到訝異，亦有些失望。

「他那麼大方給妳一千元小費，可能是妳對他有特別的服務吧，還是他對妳情有獨鍾！」老枝伯仔打趣著說。

「幹我們這一行的，辦完事就走人，特別服務倒是沒有，他花錢加玩一節倒是真的。」

「連續搞妳兩次，那麼厲害呀！」老枝伯仔豎起大拇指，笑著說：「妳可能很少碰到這種猛男，才會對他留下深刻的印象。」

「他沒有你想像中那麼勇猛啦。」

「至少不會像我這個老頭子那樣欲振乏力吧！」

「我們不談這種無聊事。」甜甜顯得有點不耐煩。

老枝伯仔自討沒趣。

「我只是陪他聊聊天而已，聊過後才知道他準備來廈門投資。」甜甜又說。

「他的話妳信以為真？」

「他說幾百萬人民幣對他來說不是問題。」

「可能是我低估了他，說不定他最近中了彩券，而且是幾億元的頭彩，才有這麼大的實力。」老枝伯仔以諷刺的口吻，不屑地說。

「往往許多謊言，都是在無意間被拆穿的。」甜甜內心有無限的感慨，「謝謝你告訴我這些，讓我對世間的人事物，有更深一層的瞭解。」

「論理說，我是不該告訴妳這些的。」老枝伯仔似乎良心發現。

「不，你實話實說並沒有錯。」

「既然這樣，我們今天的交易應該打一個折吧！」

「看你一副紳士模樣，應該不會貪圖這點小便宜吧？」

「能省則省啊，如果妳打一個對折，花兩次錢不就可以玩三次嗎？，有這種便宜事，我何樂而不為啊！」

「不，經常聽人說：台灣錢淹什麼……。」

「是不是『台灣錢淹跤目』？」

「對、對，就是這樣。」甜甜點點頭笑著說：「既然你們錢多多，你應該像楊馬俊先生那麼大方才對。如果他出手就是一千元新台幣小費，憑你老枝伯仔一副大老闆的模樣，理應給一千元人民幣。」

「我又不是台灣人，也沒有貓仔馬俊那種財大氣粗的氣勢。就像妳剛才所說的辦完事就走人，沒有什麼好留戀的。」

「老枝伯仔，你真是老江湖啊，知道婊子無情這個箇中道理。」甜甜說後卻也有點懷疑，竟半開玩笑地說：「你真的如你所說的那麼清高嗎？」

「妳不信？」老枝伯仔反問。

「像你這種人模人樣的老紳士，怎麼也會背著老婆出來召妓呢？」甜甜有點不屑，「天下烏鴉不就一般黑麼！」

「短短的幾分鐘，就被妳解決掉，這種錢難道還不好賺？」老枝伯仔反駁。

「當然好賺，但是你沒有楊馬俊先生的慷慨。」

「雖然我沒有他的慷慨，但我絕不打腫臉充胖子。」

「真是這樣嗎？」甜甜以一對輕視的眼光看著他，「什麼人做什麼事大家心知肚明，那是不能騙人的。就像一個上了年紀的老人家，當他想做某件事時，往往會有力不從心之感，那也是騙不了人的。」

「妳在挖苦我？」老枝伯仔有點不悅。

「跟你開玩笑啦，」甜甜反問：「你很在意是不是？」

老枝伯仔一時無言以對。

「如果你在意的話，我願意說聲抱歉！」甜甜說後微微地笑笑，但從她的眼神裡卻也可以看出，當她從老枝伯仔口中知道楊馬俊的底細時，對現實更充滿著敵意和憤懣。「天下烏鴉不就一般黑麼！」她不斷地重複著這句話，只差沒說「男人沒有一個是好東西」而已。

然而，即便老枝伯仔沒有楊馬俊先生的慷慨，她似乎也應該感謝他，因為從他的談話中，讓她早日認清楊馬俊的真面目。可是對於一個上了年紀、卻又力不從心的老年人，竟還背著家人出來召妓，其行為和人格，又如何能讓一個足可做為他女兒的應召女來尊敬呢？天下烏鴉一般黑啊！這句話用來譬喻行為有差池的男人，是多麼地妥當與貼切啊！

雖然老枝伯仔講得口沫橫飛、頭頭是道，試圖想在應召女郎面前，把自己塑造成一個道德層次極為高尚的社會人士，可是能嗎？而且他有必要去透露貓仔馬俊的家庭狀況和種種事端嗎？即使他講的都是事實，但似乎忘了「好話不背人，背人沒好話」這個道理。更何況他並不明瞭甜甜打聽貓仔馬俊的真正意圖是什麼？如此地逞一時口舌之快，在一個妓女面前醜化自己的鄉親，是否妥當呢？倘若他的道德層次真是那麼高尚而毫無瑕疵的話，豈會背著妻女在外地另築香巢？而為什麼又會暗地裡出來嫖妓？如果不是他在甜甜面前敘述貓仔馬俊的種種，甜甜豈會對現實充滿著敵意和憤懣？

儘管人生如戲，戲如人生，聲色場所原本就沒有什麼好留戀的，可是婊子無情亦有情。人，無論從事的是那一種行業，其人格則是相等的，況且，世間並沒有天生的妓女，一旦她洗心革面，必能成為一個賢妻良母，也足可印證「娶婊來做某，較好娶某去做婊」這句俗語話。然而滿口狂言卻又一心想吃天鵝肉的貓仔馬俊，經過老枝伯仔在甜甜面前有意或無意的醜化後，是否仍有娶婊來做某的機會，還是會遭受她的報復，一切端看他的造化了……。

第十四章

如依整個事件來看，甜甜並沒有損失什麼，甚且還從貓仔馬俊身上得到不少便宜，唯一讓她感到氣憤的，或許是有一種受騙的感覺。付給服飾店的訂金儘管不是她的錢，但商家已開始進行盤點，且從頭到尾都是以她的名譽負責接洽。如今從種種跡象顯示，八十餘萬人民幣的貸款鐵定不能到位，一旦違約，訂金勢必要被沒收。雖然這筆錢與她無關，然則陷她於不義。她的姐妹淘，幾乎人人都知道她已釣到一個金龜婿，不久即將離開這個圈圈，專心賣服飾、當老闆娘，無不投以羨慕的眼光。可是事與願違，僅僅只高興了幾天，所有的命運都將改觀，即使損失的不是她的金錢，但她的自尊和誠信卻在瞬間毀於一旦，這是她難以接受的事實。然而，既然戲已開鑼，她只好善盡一個演員的職責，把自己的角色扮演好，即使這個角色與她實際人生背道而馳，但她依然有演下去的勇氣和接受挑戰的意願。

於是，她又一次地打電話給貓仔馬俊，聲音裝得比之前更加柔和與溫雅。

「阿俊，貨款籌措得怎麼樣了，應該不會有問題吧？」

「甜甜，妳放心，區區幾十萬人民幣，絕對不會有問題。」貓仔馬俊斬釘截鐵、信心十足地說。

「我已商請服飾店老闆，希望他能再寬限幾天，只要你標到會，或銀行五百萬存款若到期，馬上就可以把貨款付清。經過我不斷地請求，老闆總算點頭答應。」

「對、對，就是這樣，最慢下個月我一定可以把會款標到，到時看延誤幾天，我們利息照算。甜甜，這段時間辛苦妳了，妳的辦事能力沒話說，將來我的事業有妳這個得力的好幫手，那還怕不能大展鴻圖！」

「阿俊，不然這樣好不好，你再匯五萬元人民幣給我，讓我先交給老闆，以展現我們的誠意。」

「五萬元，小意思啦，我明天就匯過去。」

「阿俊，你真有辦法，我總算沒有跟錯人。你什麼時候來廈門，我好想你哦！尤其是之前我們在賓館相處的那段時光，你的勇猛和體貼，讓我的身體徹底地解放，我接過那麼多客人，簡直沒有一個能與你相媲美的。阿俊，你不僅長得帥，也相當地勇猛，我真的愛死你了！」甜甜邊說，邊想笑。

「甜甜，暫時可能抽不出時間去，妳要好好保重，不要忘了妳的身體只屬於我一個人的，我絕對會讓妳幸福和滿足！」

「自從跟你在一起後，我就遠離哪個圈子了，除你之外，其他男人休想碰我一下。之前有一位恩客，不斷地打電話給我，甚至一晚要給我五千元人民幣，我連理都不理他一下，馬上掛斷電話。阿俊，我只屬於你一個人的，你說對不對？」

「甜甜，妳太瞭解我啦！將來一旦把妳娶回來，妳將是這個小島上最能幹又最美麗的大陸新娘！」

「阿俊，我衷心地期待這一天的到來，你也將是我們四川老家，最帥又最有錢的乘龍快婿！」

貓仔馬俊不疑有她，但五萬元人民幣卻是在他的能力範圍內，翌日很快地就把錢匯過去。在他單純的想法裡，以為百來萬台幣即可把服飾店頂下，而且還可以把甜甜娶回家，想不到盤點下來竟出乎他的預料，的確讓他有騎虎難下之感。儘管他曾以騙術聞名這個小島，但畢竟只是千兒八百的小錢，純樸善良的鄉親太好騙了，自己的父親何嘗不是也如此。可是他能把甜甜這個美麗的四川姑娘騙到手嗎？貓仔馬俊雖然信心滿滿，但似乎是高估了自己的智慧。

即使現下父親有意要幫助他創業，但那點錢並發揮不了作用，或許只夠擺一個小攤位，與他誇口要投資幾百萬人民幣相差懸殊。雖然當初只是想以此來博取甜甜的好感，冀望能把她釣到手，成為他們村子裡第一個大陸新娘，投資只不過是一個藉口而已。經過之前那張不能兌現的高額支票，很可能，甜甜或多或少已知道他的窘態。既然不能匯大錢，只好先以小錢來應付她，以免他虛偽的面目太早被拆穿。

然而，他兩次已匯去人民幣十萬元，折合新台幣就是四十餘萬，他明知這些錢都是父親的血汗錢，可是他並非為了創業，而是為了討好一個面貌姣好的應召女郎，如此之行為，倘若讓年邁的父親知道，想不讓他活活氣死也難啊！儘管父親生氣的模樣讓他感到不捨，甚至有愧於心，但在甜甜溫馨的懷抱裡，當他們在床上繾綣纏綿的那一刻，卻讓他體會到人生的另一種樂趣。兩者若讓他自由選擇，他絕對會以後者為首要，只因為甜甜給予他的，不僅僅只是豐滿的胴體、雪白的肌膚，而是每次歡娛過後，有一種難以言喻的甜蜜回味在心頭。

而他此生，大氣或小氣不知讓父親生過多少次，可是他仍然活得好好的。天下父母心啊，他深知父親每次生過氣後也就算了，不會記恨在心的。況且，世上又有幾個人真被活活氣死的？醫院在出具死亡證明書時，其死亡原因也從未出現過「氣死」這個死因，故此，貓仔馬俊自認為問心無愧。他唯一的冀望是能夠趕快到廈門，與甜甜過著如膠似漆的甜蜜生活。就誠如他所說的：「人生海海，會曉欲爽，就是趁的啦！」

過不了幾天，甜甜的電話又來了，這次她的聲音不再那麼地溫和柔順，而是帶點悽愴。

「阿俊，我有一件事必須請你幫忙。」甜甜哽咽地說。

「甜甜，妳怎麼啦，」貓仔馬俊緊張地問：「發生什麼事？」

「阿俊，我的祖母得了肺癌，必須馬上開刀⋯⋯。」甜甜說後，從電話裡傳來的，是一陣陣傷心難過的啜泣聲。

「怎麼會這樣？」

「阿俊，祖母開刀要花很多錢，我實在是走頭無路，不得不請你幫忙。」

「妳說、妳說，要多少錢？」貓仔馬俊急促地問。

「你能不能先借我三萬元人民幣？」甜甜以懇求的語氣說。

「甜甜，沒問題，區區三萬元，我馬上匯給妳。」

「阿俊，如果祖母的病能好起來，你的大恩大德，我甜甜永生難忘！」

「甜甜，不要這麼說，現在醫學很發達，阿嬤的病不會有問題的。妳要保重身體，千萬不要難過！」

「阿俊，謝謝你的關心，如果你現在能在我身旁，不知該有多好。我好想你啊，阿俊！」甜甜的聲音，又恢復之前的嬌柔。

「甜甜，我們的相思一樣同，只要能抽出時間，我一定會去看妳。」

「阿俊，下個月一定要把會款標到，如果不能履約的話，五萬元訂金一定會被沒收。」甜甜提醒他說。

「沒問題、沒問題，下個月絕對沒問題！」貓仔馬俊再三地強調。

「這樣我就放心了！」甜甜說後，依然笑在心裡口難開。

於是，貓仔馬俊又給甜甜匯去三萬元人民幣，然而她的祖父母，卻早在多年前，即已相繼到「蘇州賣鴨卵」了。甜甜收到錢後，打從心裡發出一個無聲的感歎，這種僅靠一通電話即可賺錢的無本生意，雖然讓她受之有愧，但她的人格和尊嚴，豈能任人踐踏！當她得知楊馬俊根本就沒有頂盤的能力時，不得不親自向服飾店老闆陪罪，並希望他們能高抬貴手，退還部份訂金。當她向老闆提出這個訴求時，老闆卻不屑地看著她，並以閩南語消遣她說：「無彼個尻川，著毋通食彼種瀉藥！」儘管她一時領會不出這句話的涵意，可是從老闆的口氣和態度，似乎可以看出端倪。

「老闆，真的很對不起，因為資金的調度有些困難，不得不取消這筆交易。」甜甜低聲下氣地說：「況且，你們並沒有損失什麼。」

「之前我們談論這筆交易時，不僅僅是妳情我願，甚至相關細節也說得清清楚楚。既然你們不守信用，沒收你們的訂金絕對是天經地義的事，還有什麼好討價還價的！」

「老闆生意做得那麼大，在商場上也是很有影響力的人物，並不缺這點錢，請你通融通融好不好？」

「妳漂亮！」老闆輕視地看了她一眼，並「呸」地一聲，猛力地朝地上吐了一口痰，這毋寧是對她極大的侮辱。

「我漂亮不漂亮干你什麼事，你不要侮辱人！」甜甜一時怒火中燒，毫不客氣地怒斥他說。

「老實告訴妳，別夢想我會把五萬元訂金退還給妳。不要說是一部份，就是半毛錢也免談，有膽妳去告我！」老闆還以顏色。

「好，算你厲害，」甜甜撂下狠話，「大家走著瞧！」

「呸！」老闆瞪了她一眼，又朝地上吐了一口痰，卻也不客氣地說：「走著瞧就走著瞧，誰怕誰！」

然而在聲色場所討生活的甜甜，怎能忍下這口氣，老闆可以不退錢，但豈能以不當的語言來羞辱她。於是她愈想愈氣，愈想愈不能接受這種羞辱。於是她決定透過關係，找道上的兄弟出來代討公道。倘若論情論理，老闆依約行事並沒有錯，可是甜甜的請求亦有商量的餘地，但兩人說不上三句話就鬧僵，可見各有各的想法和堅持。儘管老闆係依約行事，沒有通融和轉圜的空間，但在現實的商場上，往往有許多棘手的問題是可以私下解決的。尤其是生意人，多數都抱持著和氣生財的原則，誰願意去得罪那些動不動就耍刀舞棍或以拳腳相向的道上兄弟。遙想當年，她剛進入這個聲色場所時，何曾沒有被道上兄弟白嫖過，何曾沒有被索取過保護費，即使不能接受，卻不得不識時務。況且，吃虧有時卻也能獲得一些意想不到的便宜，爾時嚐到甜頭或蒙受她恩惠的道上兄弟，得知她有難而求助於他們時，向來講義氣的他們，勢必會義不容辭拔刀相助，這似乎也是甜甜無畏無懼，敢於與商場大亨對抗的最大理由。

果真，不出幾天，橋頭幫老大綽號叫「黑面勇仔」派遣小弟送來一個大紅包，外頭寫著：「退還訂金五萬元」八個字，甜甜已意識到是怎麼回事，取出裡面的鈔票，數了一萬元交給小弟，並囑咐他說：

「這些給大哥泡茶。」

「大哥有交代，不能收取甜甜小姐任何酬勞。」

「那改天我親自去致謝。」

雖然這筆錢不是她的，但能把它要回來何嘗不是好事一樁。五萬元人民幣並非是一筆小數目，亦非那麼好賺。只有像楊馬俊那種滿口狂言的浪蕩子，才會不把父親辛苦掙來的血汗錢當一回事，任意地揮霍，輕易地相信一個僅有數面之緣的應召女，的確枉費父親身兼母職，把他養育長大的苦心。如此之敗家子，倘若不適時以予教訓，往後他父親還有什麼指望，還有什麼依靠！然而，若從另一個層面而言，即使他喜歡吹牛說大話，但他的本性似乎不像之前那位老枝伯仔所說的那麼不堪。唯一讓她感到氣憤和不能接受的是他那滿口的謊言，明明他的西洋眼鏡已被拆穿，竟然還試圖以狂言來圓謊。倘若不明就裡的人，勢必會被他耍得團團轉，真是應了閩南人「一樣米飼百樣人」的俗語話。

誠然，甜甜並非是一個見錢眼開的女人，儘管她是一個讓男人解決性事的應召女郎，除非客人另有所圖，否則的話她絕不亂敲竹槓。即使她一時財迷心竅，誤信楊馬俊準備在廈門投資的狂言，認為他是一隻可任由她宰割的肥羊，故而當他想包養她五天時，確實是耍了一點小手段。可是當她知道他對她有所好感而準備共同經營服飾店時，連續幾天她所支付的款項以及對他的禮遇，足可把之前買化妝品和吃西餐的錢抵銷掉。而被他蹧蹋、滿足他性慾的肉體呢，如依她這個應召女的價碼而言，少說也要好幾千元人民幣吧。可是楊馬俊卻一而再再而三地以誇大不實的語言來欺騙她，確實是她此生難以承受之重。

幸好，她只是一個賣春的應召女郎，貞操對她來說已不是那麼重要，設若他騙取的是一個視貞操為第二生命的純潔少女，其罪必不可赦。如依他那副德性而言，又有那一個女人敢於保證不會成為下一個受害者呢？在短短的幾個月裡，她手中已握有楊馬俊匯來的十三萬元人民幣，這筆為數不少的金錢，若要以她應召的人數來計算，足足可坐滿好幾卡車，男人射出來的精蟲，少說也有四億五千萬萬隻。然而，她和楊馬俊之間的糾葛和恩怨，似乎還未完、還未了，她心想的只有報復兩個字。

於是，她又以悲悽的語調，打電話給楊馬俊。

「阿俊……。」甜甜剛開口，即發出一陣嗚、嗚、嗚的哭泣聲。

「甜甜，怎麼了，妳怎麼了？」貓仔馬俊急促而關心地問：「是不是身體不舒服？」

「阿俊……。」甜甜又是一陣陣，嗚、嗚、嗚的哭泣聲。

「甜甜，妳怎麼了？妳到底怎麼了？」

「我爸爸剛才打電話來，說、說，說祖母昨晚去逝了。」

「怎麼會這樣？」

「醫生說祖母已是肺癌末期，又併發多重器官衰竭，就這樣走了。」嗚、嗚、嗚，「阿俊，祖母生前最疼愛的就是我，今天她老人家走了，我好想跟她一起死啊！」

「甜甜，妳要保重身體，不能有這種念頭，千萬不能有這種想法！」貓仔馬俊安慰她說。

「阿俊，你能不能再幫我一次忙？」

「什麼忙？只要我做得到，絕對沒問題！」

「祖母之前開刀花了很多錢，簡直把家裡的錢全部花光光，我爸說現在連喪葬費都成了問題。阿俊，請你幫幫忙，再借我五萬元人民幣，我必須讓祖母風風光光地上山頭。」

「五萬元……。」貓仔馬俊面有難色地猶豫了一下。

「阿俊，是不是有困難？」

「甜甜，沒有問題，絕對沒有問題，我過兩天就幫妳匯過去！不要忘了，妳是我最美麗的大陸新娘。」貓仔馬俊深情地說。

「阿俊，你真好，不愧是我的知己，你的大恩大德我會永遠記在心裡，到死都不會忘記。阿俊，我愛你，我不能沒有你……。」

甜甜說後，不自禁地搖頭苦笑，即便她如此作法有些過份，但一想到被人騙就一肚子氣。然而不知是否身心已疲，還是良心發現，她竟有如此的想法：無論這筆錢是否能騙到手，她已決定饒恕他，不再陪他玩下去。倘若楊馬俊這個小子還不能從其中得到教訓，已是不折不扣的廢物一個。辛苦養育他的父親，還有什麼指望，最後終究要成為一個無依無靠的孤單老人。可憐的老人啊，並非你養子不教，而是孺子不可教也！甜甜竟心生同情。

貓仔馬俊已先後匯了十三萬元人民幣，如果再匯五萬元，總共是十八萬人民幣，折合新台幣就是七十餘萬元。而且之前所匯之款，係父親交由他保管的款項，並以他的名義存在銀行，故而提領手續不必經由父親，因此很快就能幫她匯過去。而後續如須匯款，其銀行存款單和印章均在父親手中，必須經過他的同意始能提領。當貓仔馬俊向父親提起要匯款的事時，跛跤膨豬已發覺到事有蹊蹺。

「你前前後後三次已經匯去五十外萬箍啦，到底衫褲店的經營權，啥物時陣才會交予你來經營？」跛跤膨豬有所疑慮地問。

「阿爸，我毋是共你講過，第一次五萬箍是訂金，第二次五萬箍是頭期貨款，第三次三萬箍是貨架的錢，這次五萬箍是第二期的貨款。阮朋友甜甜伊是商科出身的，能力強、做事志認真擱負責任，伊𣍐騙我啦！」貓仔馬俊解釋著說。

「會騙你、𣍐騙你，這陣無人知啦！但是依我的看法，毋是像你想的赫爾單純。這過的錢暫時毋通匯，你應該著去廈門一逝，看看到底進行到啥物程度，毋通一點仔錢予人騙了了。若是按爾，毋爾枉費也會予人笑啦！」跛跤膨豬提醒他說。

「這過的錢先匯予伊再擱講啦！另日我若是有閒，才來去廈門瞭解一下。」貓仔馬俊堅持著。

「你若是堅持欲共錢白白匯去予人，毋通怪我毋共你湊相共。」跛跤膨豬警告他說。

「阿爸，你若毋共我湊相共，我哪有法度通去廈門做生理。」貓仔馬俊低聲下氣地說。

「你的事志你該己著去設法，佮我無相干啦！毋通共我這個老歲仔也拖落水。」跛跤膨豬說後，轉身就走。

貓仔馬俊再怎麼想也想不到，父親竟會對這件事有意見、起疑心。即使他深知到廈門做生意只是矇騙父親的一種藉口。而父親願意資助他的那點錢，亦只夠擺個小攤子，與頂盤服飾店的資金相差甚大，他何曾沒有想過。然而他卻在甜甜面前說大話，試圖以準備在廈門投資幾百萬人民幣來討好她。然而當資金不能到位時，也是他牛皮被戳破的時候。他之於會一味地想博取她的歡心，甚至不加求證亦未曾考慮後果就匯出巨款，如果說沒有一點企圖心未免太假，他冀望的是她來日能成為他最美麗的大陸新娘。倘若此次未能得到父親的允許，不能依她的要求資助她祖母的喪葬費，不能讓她的祖母風風光光上山頭，或許將是他這個未來的孫婿最大的罪過。甜甜非僅不會原諒他，好不容易建立起來的感情，勢必也會付諸流水！一旦如此，不是太可惜了嗎？

於是，貓仔馬俊在得不到父親的奧援，卻又必須實踐對甜甜的承諾時，不得不另想辦法。雖然他近幾年來已徹底地改過，安安份份做一個日出而作日入而息的農夫，但如果一時手頭緊，想到外面借點錢來週轉，卻也不是一件容易的事。因為世人看待事情都是一樣的，好事或善行容易被人遺忘，有過或有錯會讓人記恨一輩子。貓仔馬俊在走頭無路時，竟聽人說可以找民間的商家調頭寸，借貸的金額限定在三十萬以下，必須以房契或地契作抵押，月息二分，辦好簡單的手續並簽章後即可取款，比到銀行辦理抵押貸款方便太多了。雖然利息比銀行高了一點，但它非僅能救急，亦可免予讓信用破產。

故此，貓仔馬俊經過再三的思考，認為這是一個絕對可行的好辦法。因為家裡那疊房契和地契，全都放在父親房間那只生鏽的鐵箱裡，拿它一兩張，父親絕對不會注意到，如此一來不但可以應急，對甜甜亦有一個交代。將來一旦賣家畜、家禽或農作物，這些錢父親一定會交由他來保管，屆時再把房契或地契贖回來，的確是一個兩全其美的好辦法！

趁著父親不在家的空檔，貓仔馬俊走進他的房間，打開鐵箱，挑選了一張地契和一張房契，告訴商家他擬抵押的金額。然而商家亦非純以放高利貸賺錢為目的，從老闆的口氣中，似乎以救急和創業為優先，當貓仔馬俊把準備到廈門投資的計劃洋洋灑灑地告訴他時，他的誠意很快就獲得商家的認同。除了留下他的房契，並要他在一份借據上簽章，便借給他新台幣二十五萬元。貓仔馬俊拿到錢後，一絲喜悅的微笑掠過嘴角，原來窮則變，變則通，天無絕人之路啊！並火速地為甜甜匯去人民幣五萬元，讓她有足夠的錢來辦理祖母的喪事，好讓她老人家風風光光上山頭，另一方面也可以讓甜甜看看他的經濟實力，絕不是光靠嘴巴說說而已。

然而為了對父親有所交代，他必須再到廈門一趟，即使只是虛晃一下，也勢在必行。唯一讓他感到興奮的是又能與甜甜見面了，相信他們兩顆火紅的心，在經過一段時間的分離後，必能在短短的時間裡，重燃熾熱的激情火花。一旦到了廈門，他將和甜甜共進西餐、享用美食，以及逛逛百貨公司，為她添購一些化妝品，買幾套性感的內衣褲送給她，把凡間的瑣事完完全全忘掉，兩人共度幾天逍遙快樂的美好時光。這不僅是貓仔馬俊的夢想，也是他精打細算後的如意算盤。

尤其他先後已匯了十八萬人民幣給她，難道這些錢還不足以打動她的心？甜甜是一個美麗善良又善解人意的女人，他如此地對待她，相信她一定能感受到他的誠意的。唯一冀望的是當他們繾綣纏綿過後，當她在老家蓋新屋的美夢即將實現時，甜甜能正式踏入他的家門，成為他們家最美麗的大陸新娘。但願她的美夢能成真，他的夢想亦能實現，如此一來，始能稱為完美。只是惟恐，彼此間的想法南轅北轍，天又不從人願……。

第十五章

貓仔馬俊為甜甜匯完款後，就未曾再接到她的電話，甚至當他準備啟程到廈門時，亦一直聯絡不上，但他似乎一點也不在意，到了廈門絕對可以找到她。然而，他卻高估了自己的智慧和判斷，她承租的套房已退租，賓館老闆娘亦不知她的去向，行動電話傳來的是轉接語音信箱的話語，儘管他留下數十通請她盡速聯絡的語音留言，依然毫無信息。難道她人還在四川？倘若如此，行動電話為什麼要關機？他的留言為什麼不回覆？凡此種種，的確讓貓仔馬俊百思不解，也因此而讓他的情緒，跌落到一個前所未有的深淵裡。

他在路邊攤隨便吃了一碗麵，喝了一瓶啤酒，在這個五光十色的都會裡，想尋找一個人談何容易。於是他住進之前和鳥鼠清仔下榻過的那家廉價的小旅館，服務生以其職業的口吻問他要休息還是住宿。

「住宿，」貓仔馬俊看看她，毫無拘束地說：「我想找一位叫甜甜的小姐，妳想辦法幫我聯絡一下。」

「我去問問櫃台。」服務生走後又回來了，她告訴他說：「經常在我們這裡出入的沒有甜甜這位小姐，倒是有一位叫香香的小姐長得白白胖胖的，對客人相當體貼，在我們這裡很叫座，不知先生有沒有興趣？」

「隨便。」貓仔馬俊冷冷地說，隨後鞋也沒脫就往床上一躺。然而眼睛剛一閉，甜甜美麗的倩影隨即不約而來地浮現在他的眼前。之前的林林總總，無一不在他的腦裡激盪著。

他見過的女人可說不少，就是沒有一個能與甜甜相媲美的。她雪白的肌膚，豐滿的胴體，高雅的氣質，再加上一張漂亮的面孔，簡直讓他神魂顛倒。雖然與她共同創業的願望不能達成，但是他並沒有辜負她，亦沒有虧待她，陸續以金錢來彌補服飾店頂盤破局的過失。十八萬人民幣並非是一筆小數目，難道這筆錢還不能夠打動她的心？不能獲得她的諒解而避不見面？即使他曾經誇大其詞，提及要在廈門投資幾百萬人民幣的狂言，但這只不過是說說而已，難道她就不能把它當成耳邊風，聽聽就好？莫非她已有了新歡？或者是陷入有心人士設計的陷阱？還是甜甜在考驗他對愛情的忠貞？無數的疑問在他腦裡盤旋，讓他陷入痛苦的深淵裡。但他還是相信甜甜會看在錢的份上，一定會回心轉意的，因此他並沒有絕望，仍然期待著甜甜能與他重修舊好，成為島上最美麗的大陸新娘。

叩、叩、叩的敲門聲響起，進來的是一個沒有美感的女人，廉價的香水味薰得他鼻子直發癢，矮胖的身軀配上一襲長裙顯得更加地矮趴和土氣，就猶如是一個矮冬瓜。原本情緒低落的貓仔馬俊，看到眼前香香這副模樣，非僅提不起性趣，甚至還倒盡胃口。於是他懶得再看她一眼，從口袋掏出一百元新台幣，遞給她說：

「予妳坐車。」

識相的香香知道客人對她不滿意，接過錢後轉身就走，但在自尊心受損的使然下，卻也毫不客氣地警告他說：「我是欲來予你爽的，毋是欲嫁予你做某的，揀啥潲！我共你講啦，趁食查某若是傷婧，會予你著鏢啦！」

隨後服務生又進來了。

「先生，還要再叫一個來讓你看看嗎？」

「要叫就要叫漂亮一點的，身材豐滿一點的，氣質好一點的，我又不是沒有錢，別把那種沒品味的矮冬瓜也叫來。」貓仔馬俊不高興地說：「看了就倒胃口！」

不一會，果然來了一位氣質非凡的美女，她是來自西安的小桃紅，比起甜甜簡直有過之而無不及。霎時，貓仔馬俊眼睛為之一亮，快速地從床上站了起來，剛才低落的情緒已不復見，接踵而來的是一對色迷迷的雙眼，貓仔馬俊情不自禁地把她抱住，復又輕輕地撫摸她渾圓微翹的臀部。

「先生，別急嘛！」小桃紅柔情地捏了他一下鼻子，並輕輕把他推開。

「剛才那個香香讓我倒盡胃口，現在看到你卻讓我情緒激昂。小桃紅啊，妳才是我想吃的肥肉呀！我怎麼能不急呢？」貓仔馬俊說後竟一把把她抱起，復輕輕地把她放在床上，並順手解開她胸前的小鈕釦，再脫下她的裙子，此時躺在床上的，已不是一個普通的應召女，而是貓仔馬俊心中的絕世佳人。她清麗嫵媚的面龐，白裡透紅的肌膚復加修長的雙腿，懸在胸前的是兩顆熟透了的紅蘋果而不是青澀的棗子，小腹下方更是一片未經牛羊啃食的青青草原。這、這、這，不就是天使的化身麼？剛才那個矮冬瓜讓他倒盡了胃口，此時的小桃紅則讓他有一口把她吞下肚的衝動！因此，有了小桃紅，甜甜又算什麼呢？只要有錢，照樣可以砲打西安！唯一讓他感到齷齪的是為了砲打四川，十八萬人民幣竟成了砲灰，灰燼將在祖國的上空飄散。

貓仔馬俊在食髓知味後包下小桃紅一晚，即使她比甜甜漂亮，但經過一夜的溫存，卻感受到她沒有甜甜的溫柔和體貼，美麗亦僅在她的外表，少了女性的矜重，甚至當他深入到她體內時，除了有一種無名的灼熱感，亦有一股濃烈難聞的異味飄散出來，這也是他砲打四方時未曾在別的女人身上感受到的現象。因此，當他的性事徹底地解決後，反而對小桃紅起了一種厭惡感，當下卻懷念起甜甜來。可是仔細地一想，他倒也認同香香說的那句話：「我是欲來予你爽的，毋是欲嫁予你做某的，揀啥潲！」不錯，召妓本來就是為了解決性事，但嫖客的價值觀卻建立在妓女的容貌上。玫瑰多刺啊，聽說愈漂亮的妓女，接的客人愈多，嫖客中鏢得性病的機率愈高。即使他曾經當過砲手，向來亦是平安無事，可是人往往在「衰潲」的時候病魔會纏身。而「了錢」是否真能「消災」，誰也不得而知。

貓仔馬俊除了在廈門街道晃蕩外，亦不斷地撥打電話給甜甜，冀望能有奇蹟出現的時候，好再次地和她繾綣纏綿重溫舊夢，可是依舊毫無信息。在極端失望之下，他突然想起那家欲頂讓的服飾店，或許從哪裡可以打聽到一些關於她的消息。

「頭家，歹勢啦，我請問一下，幾個月前有一個小姐，講欲共你割這間店，毋知割有成無？」貓仔馬俊低聲而客氣地問。

「你問這欲創啥？」老闆反問他。

「歹勢啦，我有一個朋友借伊五萬箍，彼個小姐煞無消無息，電話也毋接，阮朋友叫我來探聽一下。」貓仔馬俊婉轉地說。

「講著彼個猶查某，我著規腹肚氣。割貨的條件講好啦，訂金伊也付啦，後手的貨錢煞提繪出來。我沒收伊五萬箍的訂金，絕對是合情合理擱合法，但是伊數想欲討一半倒去，我毋答應，竟然使噁步叫橋頭幫的鱸鰻來揣我討。」老闆氣憤地說。

「五萬箍你敢有還伊？」貓仔馬俊問。

「橋頭幫赫鱸鰻，毋是舉刀著是舉槍，尤其是伊老大黑面勇仔出面，這個面子若無予伊，事志著大條啦！以後毋免數想欲佇這趁食。」老闆憤慨地說。

「你敢知影彼個查某即陣的下落？」

「你共恁朋友講，了錢消災啦，五萬箍穩當無地討，後次目睭著展較金的，毋通佮彼種猶查某膏膏纏啦！」老闆提醒著說。

「多謝啦，我會共阮朋友講。」

走出服飾店，貓仔馬俊已意會到是怎麼一回事，原來他嚐到的並非甜甜，而是夠辣又夠嗆的四川名產小辣椒。他之前服用的亦是一些過期而失效的暈船藥，才會讓自己在廈門這艘大船迷失方向。如今已是人財兩失，回去後不知如何向父親交代，難道還能再以一些不實際的美麗言詞，來矇騙一位一生為家辛苦為兒忙的老人家？他感到前所未有的懊惱和沮喪。而廈門這個繁華的都市，似乎也沒什麼值得他留戀的，於是他決定明天就回家。

當晚，他在路邊攤享用一頓美食，除了牛肉拼盤和三鮮炒麵外，又叫了一碗蛇肉湯和一小瓶白酒。即使已是華燈初上，但這個城市依然車水馬龍、人車爭道，吵雜的聲音不絕於耳。他獨自坐在低矮的椅子上，一口酒、一口菜，吃的津津有味、不亦樂乎。尤其是蛇肉湯，不僅味鮮肉細亦是上等的補品，據說還能清除體內的毒素。不知是心理因素還是另有其他原因，自從砲打小桃紅後，下體時而會有癢癢的感覺，忍不住要用手去抓才會舒服。今晚喝下既能「清腹內」又能解毒的蛇湯，或許明天就不癢了，於是，他連續喝了兩碗，即使體內沒有毒素要清除，卻能達到滋補的功效。而且一碗蛇湯，只不過是區區的幾塊錢而已，與被甜甜騙走的十八萬人民幣，簡直不成比例。

平日酒量不錯的貓仔馬俊，今晚或許喝了不少，竟感到有點微醺。他毫無目的地在街道上閒晃，五顏六色的霓虹燈在他眼裡閃爍，讓他感到有點刺眼。然而，儘管此時兩門已對開，但那門豈能與這門比。如以它的人口、建設和繁榮而言，幾十年後，那門還是比不上這門，的確讓人有無限的感慨。誠然，這裡的民生物資消費低廉，但何嘗不也是那些一擲千金的外來砲兵部隊的天堂，自己不就是這個部隊裡的成員之一麼。而且他這門砲，曾經打過好幾個不同的省份，如此，是值得炫耀？還是他的行為有差池？

回想父親身兼母職把他拉拔長大，可是三十歲之前，他多數時間都浪費在吃喝玩樂、為非作歹的時光裡。甚至以「騙」聞名於島鄉，即使金額不多，但受到傷害的鄉親無數，父親也以養了一個「了尾仔囝」為恥。但是在三十歲之後的今天，即使他無意騙人，但說了些不實的謊言和狂語，開出不能兌現的支票，與騙徒又有什麼差別？原以為那個漂亮的應召女郎會上他的圈套，成為島鄉最美麗的大陸新娘。而萬萬想不到，他想騙人，反而被人騙，難道這就是冥冥之中所謂的報應？

想當年他騙取父親和鄉親的金錢，全部加起來亦只不過是區區的幾萬元台幣，除了遭受父親的責罵外，又被外人狠狠地痛毆了一頓，倘若沒有經此教訓，小騙子勢必會成為無可救藥的大騙子。此時他若遇見甜甜，是以牙還牙，還是以暴力來教訓她，抑或是該佩服她那種放長線釣大魚的技法。然而冤冤相報幾時休，甜甜亦非省油燈，在地的服飾店老闆都得屈服於她的惡勢力，遑論是一個外地人。既然他曾經騙過人，此時卻領會到被騙的感覺，即使不能說是報應，但教訓兩字絕非言過其實。此事一旦讓父親知道，勢必會引起巨大的家庭風暴，遭受一頓責罵在所難免，被掃地出門亦有可能，但無論如何，他已做好向父親下跪認錯的準備。貓仔馬俊情不自禁地搖頭感歎，在這個現實的社會裡，被騙得最慘最重者，或許都是那些自認為最聰明的笨蛋，自己就是其中之一，又怨得了誰呢？

無意中，貓仔馬俊竟走到之前甜甜帶他來買化粧品的百貨公司，想起那時他們手挽手肩併肩地走在一起，儼若是一對親密的戀人。即使他花了千餘元人民幣幫她買化粧品，復又花了五百元請她吃西餐，但這些都是值得他回憶的往事。此時想起，依然有一份甜蜜的滋味在心頭，只是往日的情景已不復見。

驀然，一個熟悉的背影從他眼前掠過，她不就是甜甜麼？於是他定神一看，只見她穿著一襲天藍色的洋裝，足蹬白色的高跟鞋，左手拎著鱷魚皮名牌包，顯得既高貴又端莊；右手則挽著一個西裝筆挺、戴著墨鏡、頭髮梳得發亮，表情嚴肅的男人的手臂。一位黑衣小弟提著皮包尾隨在他們背後，從兩位男士的穿著和排場來看，並非是商場大亨或巨擘，而是道上的大哥和小弟。識時務的貓仔馬俊，眼睜睜地看著他們坐上一部豪華的黑色轎車離去，竟連屁也不敢放一個，遑論想討回被騙走的錢財，更別夢想能成為他心中最美麗的大陸新娘。唯一讓他感到自豪的，或許是大哥身旁這位美女，曾經赤裸裸地躺在床上，任由他粗糙的手在她雪白的肌膚上游移，甚至和他共度好幾個令人陶醉的春宵。倘若此時花二十萬人民幣，也休想摸她一把，果敢貿然行事，絕對是吃不了兜著走。貓仔馬俊想到此，竟也釋懷了。

回到他下榻的旅館，向來服務週到的服務生，別的不問，就喜歡問他要不要叫一個小姐來作伴。然而，提起這檔事，他下身的敏感部位竟又癢了起來，儘管不好意思在她面前抓癢，但他還是情不自禁地拉拉褲子，冀望能藉此止止癢。他尷尬地向服務生搖搖手，淡淡地說了一聲：「不要。」便逕自回房休息。可是當他半夜起來小解時，卻感到陰莖的頭部有些疼痛，仔細地一看，他的龜頭竟冒起一顆米粒大的水泡，當它磨擦到內褲時，更是疼痛難忍；而且排尿時，尿道亦有灼熱的感覺，霎時，簡直讓他驚恐萬分。在第一時間裡，他已意識到是怎麼一回事，眼前的小水泡已清楚地告訴他，他中鏢了，一定是得了花柳病。而且從種種跡象顯示，性病的帶原者絕對是小桃紅。因為當他倆交媾後起身時，他已聞到有一股噁心的異味從她身上散發出來，當他的那話兒深入她的陰道時，亦有一種無名的灼熱感。從他的感受中，不管是之前的妞妞還是甜甜，或是別的女人，可說都沒有這種現象，因此他敢於斷定，傳染性病給他的就是小桃紅。「我共你講啦，趁食查某若是傷婧，會予你著鏢啦！」香香的話言猶在耳，可是現在已來不及了。

貓仔馬俊躺在床上翻來覆去總是睡不著，這下可好了，偏偏明天要回家，今夜卻發現中了鏢。為避免讓它繼續惡化，他應該留在廈門就醫，等病情好轉後再回去。尤其這裡不易碰到熟人，一旦回家再赴醫院診治，除了會延誤病情外，他在廈門「開查某」得了性病的風流事，勢必也會快速地傳開。他的形象原本就不好，倘若再加上這種有失顏面的中鏢事件，往後他將如何面對鄉人。同時，性病這種東西非同小可，即使他內心感到無比的恐慌，但必須盡速去求診，讓醫師替他找出病源，然後對症下藥。但願他罹患的只是一般的性病，而不是那種即使有藥可醫，卻僅能治標不能治本的愛滋病或梅毒。但在沒有經過專業醫師的診斷之前，什麼狀況都可能發生，男人若想不染花柳病，就不要去做風流事。別忘了，玫瑰多刺啊，誰被扎到誰倒楣！而明明知道自己染上性病，竟還繼續「趁食」的小桃紅，更是罪不可赦！

翌日清晨，當貓仔馬俊起床小解時，發覺水泡已潰瘍，陰莖的頭部劇痛無比，行動時與褲子磨擦更是痛苦難忍。於是他索性把褲子脫掉，雖然暫時能紓緩龜頭的疼痛，但豈能不穿褲子光著屁股外出。尤其褲子前端有一排拉鍊，一旦與其相磨擦，簡直痛不堪言。貓仔馬俊終於意會到，原來歡樂過後亦有痛苦的一面，人在「衰尛」的時候，「了錢」似乎也不能「消災」。他感到前所未有的狼狽，但又不得不到醫院求助於醫生。

他小心翼翼地把褲子的拉鍊向前提，避免與龜頭相磨擦，當他緩緩地走出房門經過櫃台時，服務生已發覺到他的異狀。

「楊先生，你是不是中鏢了？」服務生關心地問。

「痛死了，」貓仔馬俊提提褲子的拉鍊，一副無辜的痛苦狀，「都是妳們害的，怎麼可以把染有性病的小桃紅叫來給我。」

「真是不好意思，」服務生歉疚地，竟怪起了應召女，「小桃紅也真是的，染病還接客，缺德！」

「附近有醫院嗎？」貓仔馬俊問。

「轉角往前走，有一家專門治療性病的診所。」

「遠不遠？」

「不遠，走路大概五分鐘就到了。」

然而，貓仔馬俊此時已寸步難行，豈能再忍受走五分鐘的路程。

「麻煩妳幫我叫一部出租車。」

「那麼近的路，還要坐出租車啊？」

「我一走動就痛，不坐車要走到什麼時候才到。」

服務生詭譎地笑笑，或許暗中正罵道：「該死的風流鬼，終於嚐到中鏢的苦果了吧！」

在痛苦的煎熬下，貓仔馬俊已不懂得什麼叫著羞恥，一到診所見到醫生，就迫不及待地脫下褲子讓醫生診察。

「你得的是皰疹，也就是俗稱的菜花。」醫生看過後，以其專業的口吻說。

「有沒有關係？會不會好？」貓仔馬俊緊張地問。

「有病找醫生診治就會好，如果延醫即使是小病，拖久了也會要人命。」醫生幽默地，也毋忘提醒他說：「以後千萬要記住，如果有嫖妓解決性慾的需要，除了要戴保險套外，事前也要多喝水，事後更要小便，才能不讓性病纏身。幸好你得的只是皰疹，如果是梅毒或愛滋，那就麻煩了。」

「我現在才來就診，會不會太晚了？」

「如果病毒沒有侵入神經節，治療後應該沒有問題，但是也不能低估它，這種病一旦讓它惡化，除了會影響肝臟功能，甚至也會引起心臟血管方面的疾病。」醫生解釋著說。

「醫生，拜託你一下，我實在痛得要命，你先幫我打打針、止止痛好不好？」貓仔馬俊請求著說。

經過專科醫師的診斷並打針服藥後，貓仔馬俊的病情雖然有了改善，但似乎尚未痊癒，陰莖與褲子磨擦時依然疼痛不堪，因此走起路來顯得極為彆扭，明眼人一看，就知道是得了花柳病。然而，他所帶來的錢僅剩下幾百塊，的確已不能在此地久留。在回程的船上，他刻意地戴上一頂帽子，坐在一個不起眼的角落，以免碰到熟人。可是好死不死，一位老紳士緩緩地走來，在他身旁的空位坐下，他竟是經常來往兩門的老枝伯仔。

老枝伯仔在島上雖非首富，但他口才便給，又懂得養生之道，即使已是花甲之年，然則看來與實際年齡小了很多。加上他穿著體面，既染髮又抹油，猶如是官宦世家的後裔，可是背地裡與其紳士般的外表則有顯著的落差。他遊走兩門的真正目的，並非為了做生意或觀光，而是替一個叫他爸，卻非他所生的孩子送奶粉錢。只因為他踏入此門時，孩子的媽即屬他所有，一旦他離開，隨即又有另一個男人來接班，這是一個多麼奇特的現象啊！但是某些道貌岸然的社會人士卻樂此不疲。他們在島上自命不凡，裝得人模人樣，批評他人「精霸」，暗地裡則男盜女娼，專門做些自己不知道，旁人則看得清清楚楚的勾當。

當他們來到這個霓虹燈閃爍的不夜城，更挾持著口袋裡有幾文錢，藉機在此花天酒地、召妓作樂，老枝伯仔就是其中之一，其行為與貓仔馬俊又有什麼差別。而他們何曾沒有被騙過？何曾沒有染過性病？只是礙於面子不敢聲張而已。倘若不改其風流性，誰敢保證他們不會得到梅毒或是愛滋病。

「貓仔馬俊，你也去廈門佚陶喔？」老枝伯仔主動和他打招呼。

「是啦，去行行看看的。」貓仔馬俊朝他笑笑，「老枝伯仔你是去做生理、抑是去遊覽？」

「佮你仝款啦，我嘛是去行行看看也。」老枝伯仔說後，突然問：「你敢捌一個叫著甜甜的大陸查某。」

貓仔馬俊訝異地，他怎麼會問起這個問題，一時竟無從回答起。

「你毋免緊張，伊是好意咧探聽啦！」老枝伯仔已發覺他的情緒有異常的反應。

「你佮伊有熟似呢？」貓仔馬俊語氣低調。

「無啦，」老枝伯仔以詭譎的眼神看看他說：「這件事志已經過去真久啦，傷少嘛有半年以上。有一暗，我佮朋友佇KTV唱歌，伊來坐檯，知影我是金門人，伊咧探聽啦。」

「喔，我想著啦，」貓仔馬俊說著，也同時起了疑心，這個滿口謊言的風流老鬼，勢必也會在甜甜面前興風作浪，因而故意呼應他說：「我嘛是佮朋友佇KTV唱歌，佮伊熟似的。這個查某生了𣍐歹看，歌聲嘛𣍐歹，聽講會使帶出場去開房間。」

「你敢捌共伊帶出場？」老枝伯仔睜大眼睛問。

「講實在的，像我這種跤數無才調啦！」貓仔馬俊早已知道他的底細，故而以諷刺的口吻說：「若是欲共伊帶出場，可能著親像老枝伯仔你這種有錢有勢、出手大範的社會人士，才有彼個才調啦！」

「我老啦……。」老枝伯仔搖搖頭。

「老，老步在啦。誠濟七老八老的老歲仔，去廈門的目的攏嘛是去看婧查某。像你這種紳士，錢銀濟又擱大範，大陸查某上煞。小弟仔若是六點半舉𣍐起，買一粒威爾剛食落去，半點鐘後就變成一尾活龍啦。老枝伯仔，你毋知有試過無？效果毋知有好無？」貓仔馬俊故意消遣他說。

「無啦，老著認老，我毋捌食這種物件。」老枝伯仔辯解著。

「敢按爾？」貓仔馬俊以疑惑的眼神看著他。

「老啦，無法啦。」老枝伯仔再次地強調，而後竟然說：「威爾剛我毋捌食過啦，但是阮大陸彼個湊頭也，伊有予我食一種藥丸，嘛有中藥燉牛鞭予我食，效果𣍐歹。」

「老枝伯仔，你若該已佇這咧喊老，實在無人欲相信。看你頭毛黑金仔黑金，寒天西裝油食粿，熱天紋衫麻花炸，擱有查某緣。平平六十歲的老歲仔，有啥物人佮你會比並的。」貓仔馬俊誇讚著，卻也不忘挖苦他兩句，「咱厝人攏嘛咧講，老枝伯仔你少年的時陣緣投，食老的時陣風流，這陣若是欲去大陸娶細姨，一定有真濟查某排隊咧等，想𣍐到你老早著有湊頭的啦！」

「貓仔馬俊，我是佮你滾笑，親彩講講的啦！倒來咱兜，你才是毋通四界講，若是講予阮某知影，會予伊罵半死。」老枝伯仔雖然難掩內心的喜悅，卻也有點擔憂。

「𣍐啦，我貓仔馬俊毋是彼種大喙舌的人，絕對𣍐親像一屑仔無品的小人，專門佇查某的面頭前咧講別人的歹話。」貓仔馬俊說著，話鋒一轉，意有所指地說：「老枝伯仔，你敢毋捌聽著，有人三不五時仔著去大陸送牛奶粉錢，共別人湊飼囝，飼佮一個囝仔膨獅獅。可惜彼個囝仔毋是伊的種啦，最後是空歡喜一場，牛奶粉錢嘛白白了去！」

「敢誠實有這種事志？」老枝伯仔故裝迷糊。

「人著是按爾啦，講別人精霸霸，以為該己真高尚，實際上伊咧變啥物蠓，除了伊該己毋知影，鄉親序大攏嘛看佫清清楚楚。」

老枝伯仔心虛地看看他，一時竟無言以對。

同在這座小小的島嶼，即使貓仔馬俊之前不當的行為無人不知，但老枝伯仔偽君子的面目和失格的舉止行動，鄉親又有何人不曉。只是基於他已屆花甲之年，以及惟恐傷害到他的家人，不願讓他當面出醜罷了。

兩人你來我往針鋒相對一番，彼此都有心照不宣之感。原來甜甜那片青青草原的最深處，貓仔馬俊比老枝伯仔捷足先登，論情論理可說是他的「先進」，然而卻被他這個「後生晚輩」給出賣了。如果不是老枝伯仔在甜甜面前數說他的不是，甜甜也不會那麼快就和他斷絕關係，甚至又假借祖母過逝，讓他又平白損失了五萬元人民幣，若非如此，後續勢必還有好戲要上演。只要有了甜甜，他絕不會找小桃紅，沒有小桃紅，他也不會染上花柳病。人在「衰稍」的時候總會碰到鬼，貓仔馬俊感到前所未有的窩囊。

可是仔細地一想，老枝伯仔的格調又能高尚到哪裡去？既是去送奶粉錢，怎麼又會和應召女郎勾搭在一起。如果兩人沒有性交易那是騙人的，因為甜甜本身就是一個出賣靈肉的妓女，老枝伯仔竟敢大言不慚地說甜甜是ＫＴＶ的服務小姐，這真是一個充滿著謊言狂語復加荒謬的社會啊！說謊者或說大話的人，並非只有貓仔馬俊一個人。萬物之靈的人類，果然有高一等的智慧，往往為了達到目的而不擇手段，更善於用謊言來掩飾自己的醜態，甚而為了討好女人不惜以狂言來凸顯自己的高尚，試圖把自己塑造成一個品德完美的聖人，其實這些都是騙人的假象。即使貓仔馬俊這個「毋成囝」的人格有瑕疵，而那些虛偽又醜陋的社會人士，又能以什麼來服人呢？「龜笑鱉無尾」似乎也是這個社會的通病。

當客輪抵達碼頭後，貓仔馬俊即使想最後一個下船，以掩飾自己得了性病的窘態。然而從他走路的姿勢，明眼人一眼就看出，他不是生「樣仔」就是長了「菜花」，而這兩種優雅的果菜名稱，卻都是不折不扣的性病俗稱。首先發覺的就是老枝伯仔。

「貓仔馬俊，你行路哪會怪怪？」老枝伯仔以不屑的眼光看著他，似乎是明知故問，「你是毋是著鏢啦？」

「老枝伯仔，這種事志無啥物大不了啦，查甫人敢去開查某著毋驚著鏢，我相信你也是過來人，毋通龜笑鱉無尾啦！」貓仔馬俊非僅不忌諱，甚至毫不客氣地說。

「我會使咒詛，我一世人清清白白，這種歹路我絕對膾行。」老枝伯仔理直氣壯地強辯著。

「敢是按爾？」貓仔馬俊以輕視的眼神望著他，「你從少年的時陣著愛這味的，逐個攏嘛知。」

「白賊，」老枝伯仔有些激動，「我無親像你貓仔馬俊赫爾豬哥，著鏢抑擱毋知通見笑！」

「老枝伯仔，我講一個笑話你毋通變面好無？」貓仔馬俊轉換話題笑著說。

「你註你講，獪要緊，我風度誠好，一定獪變面。」

「有影無？」

「當然嘛是有影，老歲仔人獪佮恁這少年囝仔計較啦！」

「聽人咧講，你少年的時陣借兵仔衫去穿，偷走去軍樂園開查某，毋爾著鏢，而且擱予憲兵掠去關。老枝伯仔，敢有這種見笑事志？」

「你毋通聽人亂亂講！」老枝伯仔對這件事似乎還很在意，「事志已經過去真濟年啦，擱講無啥物意思。」

「若是像你講的按爾，著證明別人講的攏是實話。」

「喙生咧別人的身軀，伊欲怎樣講著怎樣講，對我這個老歲仔來講，無差啦！」

「誠少看著一個老歲仔像你風度赫爾好的。老枝伯仔，咱兩人攏是豬哥國的，下逝若是欲去廈門，才相招湊陣來去揣甜甜！」

「毋成囝，你講有定無？」老枝伯仔笑著說：「你從金門騙到廈門，查甫騙到查某，騙規四山坪，毋通連我這個老歲仔也想欲騙。」

「我佮你仝款啦，一世人清清白白，歹路我獪行啦！」貓仔馬俊仿著他剛才的語調說。

「你比我較害喔，」老枝伯仔不屑地看著他，「毋通數想欲騙大陸查某，大所在的查某攏毋是省油燈，是予你騙𣍐倒的。若是毋知死，會予伊騙倒去。」

貓仔馬俊一時無語，老枝伯仔這番話，確實已說到他的心坎裡。然而，他內心的鬱卒又有誰知道。老枝伯仔或許已從甜甜處知道一些端倪，以及看出他罹患性病的醜事，一旦踏上這塊土地，難免又會加油添醋四處散播，以醜化別人來凸顯自己的清高。他剛才之於和他談論那麼多，甚至把他多年前借軍服到軍樂園嫖妓的舊事重提，雖然並非是一個晚輩該有的行為，然則不得不藉此來提醒他，他亦有許多不可告人的風流韻事，別口無遮攔地僅道他人之短，而自己活了一大把年紀則不思檢討，這何曾是一個長者的風範？

回到家裡，貓仔馬俊已有先見之明，凡事絕對逃不過父親的眼光。

「你行路哪會按爾？」跛跤膨豬關心地問。

貓仔馬俊沒有回應，僅以一對愧疚的眼神看著他。他深知自己愈解釋、愈會增加父親的氣憤，索性沉默。

「你是毋是去風流？」跛跤膨豬又問。

「我已經打針吃藥、無事志啦。」貓仔馬俊故裝輕鬆地說。

「你毋是講彼個甜甜對你𣍐歹嗎？毋通做對不起伊的事志啦！」跛跤膨豬語氣沉重地說。

「阿爸，衫褲店割𣍐成啦。」貓仔馬俊不得不據實說。

「割𣍐成？」跛跤膨豬疑惑而緊張地，「咱匯去的赫錢咧？」

「可能暫時無法度通討倒來。」

「講赫六空的，」跛跤膨豬不認同地，「店割𣍐成，錢當然嘛是著還咱！」

「伊講擱一段時間才欲還啦。」

「啥物人講的？」跛跤膨豬逼人地問：「是原來的頭家，抑是甜甜彼個查某？」

貓仔馬俊一時心慌，竟答不出來。

「十三萬人民幣，若是以這陣的行情來折算，將近六十萬台幣，毋是一筆小數目啊！你緊想辦法去討倒來！」跛跤膨豬激動地說。而實際上是十八萬元，尚有五萬元是貓仔馬俊偷拿房契去抵押的，他並不知情。

「我有共伊討，但是伊毋還無打緊，而且擱叫鱸鰻欲打予我死。」

「啥物！欠錢毋還，擱欲拍人，敢誠實有赫爾鴨霸的事志？」

「阿爸，赫鱸鰻毋爾鴨霸，若是毋聽伊的話，舉刀舉槍欲拍予人死才恐怖喔！」

「土匪，無王法啦！」

「共產黨的社會著是按爾。」

「你明明知影共產黨的社會是按爾，物事偏偏想欲去彼爿做生理？這聲好啦，錢銀白白了去啦，恁爸的棺材本也跟你去啦！飼你這個無睶路用的了尾仔囝，你會予恁爸怨歎一世人！」跛跤膨豬氣憤地說。

「阿爸，你毋通受氣，我一定會搰力拍拚趁錢來彌補。你千萬著保重身體，毋通煩惱，錢是身外之物，有人著有錢啦！」貓仔馬俊安慰他說。

「講的比唱的較好聽！」跛跤膨豬不吃他這一套，狠狠地瞪了他一眼，「大人大種，抑擱予恁爸咧氣疼，枉費恁爸飼你赫大漢的苦心！」

「阿爸，我毋著，我該死，我目睭展無金才會予人騙去。我共你跪落去好無！」貓仔馬俊說後，竟然真的雙腳跪地。

「起來！」跛跤膨豬聲音震耳，「男子漢大丈夫，敢做敢擔當。雖然錢銀毋是赫好趁，若是欲搰力去拍拚，又擱會曉通勤儉，欲睹幾箍銀仔也毋是無可能。查甫人著有志氣，毋通規身軀死了了，拄拄睹彼支喙抑未死。若𣍐曉通思過又擱毋捌想，跪死佇塗跤也無人會可憐！」

「阿爸，你的話我會記囥心肝內，我共你保證，這過予人騙去的錢，我會做牛做馬來拖還你。」貓仔馬俊信誓旦旦地說。

「你毋免共我保證，你的金言玉語我聽誠濟遍啦，你毋做人𣍐要緊，但是我跛跤膨豬抑擱欲佇這個鄉里佮人徛起！少年人無論做啥物事志，攏著跤踏實地，毋通數想欲一步登天，若是按爾是穩死無活的。作穡雖然較艱苦，也毋是每一個家口攏有穡通作。祖公留落來的這田園，若是欲搰力去種作，毋免驚會去予枵死。雖然這陣時機無仝款，少年人為著前途攏想欲出外闖天下，當初你講欲去廈門做生理，我嘛是支持你的想法。可惜你目睭展無金，共赫錢擲落屎礐，想欲共撈起來，已經臭糊糊啦，實在予我真失望！」跛跤膨豬內心有無限的感歎。

「阿爸，我對不起你！」

「無，你無對不起我，飼你這個了尾仔囝是我的命，今仔日我跛跤膨豬無對不起天，無對不起地，無對不起龕內的祖公佮祖嬤，但是我認命……。」跛跤膨豬眼眶泛紅，喉頭哽咽，再也說不出話來……。

第十六章

自此之後，父子兩人除了同赴山上耕作外，平時則鮮少說話，甚而跛跤膨豬每個月僅只給他少許的零用錢，所有賣家畜家禽或農作物的錢，細數由他自己保管。雖然貓仔馬俊被人吃掉的那些錢，僅佔跛跤膨豬銀行存款的一部分，但是每一分、每一毫，都是他平日節衣縮食，勤於耕作累積下來的，豈能任由這個了尾仔囝兩三下就把它糟蹋掉。

同時，對於他的說詞，亦有某些值得懷疑的地方，即使大陸施行的是共產主義政策，但社會治安依循的仍然是法律，負責維護社會秩序的是公安，而公安豈會任由那些為非作歹的不肖之徒欺壓百姓？況且，在大陸經營大企業或做小生意的鄉親大有人在，一旦遇有事故，只要循正常管道去報案，相信公安人員勢必會介入調查處理，把那些流氓歹徒繩之以法。

莫非這個了尾仔囝，是誤入有心人士設計的桃色陷阱而不能自持。如果他沒有猜錯，值得懷疑的絕對是那個叫甜甜的女孩，從他多次提及此女，甚至想把她娶回家做老婆與合夥做生意的種種事端顯示，足可證明他所猜不錯。儘管他內心有許許多多的疑問，但憑他這個沒有知識卻又從未出過遠門的糟老頭，如果想討回一個公道，可說一點也使不上力。算了吧，錢只不過是身外之物，生既不能帶來，死又不能帶去，俗話說：「了錢消災」，或許是他們家將遇上什麼劫數，正好以這筆錢來改變運途，始能化凶為吉保平安。跛跤膨豬想到此，心中似乎坦然了不少，但對這個一再替他製造問題的了尾仔囝，仍有不可原諒的憤激。

從廈門回來後的貓仔馬俊，即使長在龜頭上的「菜花」已枯萎，然而此事卻是他人生最痛苦的回憶。幸好經過打針吃藥後已無大礙，往後是否會有什麼後遺症則不得而知，玫瑰多刺啊，喜好此道的男士不得不慎。雖然貓仔馬俊逃過了這一劫，可是他被大陸查某騙走近百萬元，以及在廈門開查某得了性病的事，卻同時在島上傳開。有人說他之前騙人，現在被人騙是報應；有人說他開查某得了花柳病，是遺傳自他那個風流成性的生父副村長。貓仔馬俊簡直被批評得體無完膚、一無是處，但是他能否認嗎？能反駁嗎？能把他人祖宗八代請出來辱罵嗎？跛跤膨豬飼了這麼一個不爭氣的了尾仔囝，誠實是怨歎無地講。

某天，貓仔馬俊與烏鼠清仔相遇，他開門見山就問：

「貓仔馬俊，外口講你去予大陸查某騙規百萬，敢有影？」

「莫聽人亂亂講啦。」

「我嘛是咧懷疑，憑你貓仔馬俊這種洋相，哪有赫濟錢通予人騙去。」

「一定是老枝伯仔彼隻老猴四界宣傳。」

「伊哪會知影？」

「伊除了廈門有一個湊頭也，竟然又擱去揣甜甜。」

「甜甜就是你較早熟著的彼個趁食查某，是毋？」

「是啦。」

「你毋是講欲共伊娶來做某？哪會擱予老枝伯仔騎起？」

「趁食查某愛的是錢，若是有錢，逐個攏嘛會使騎。」

「當初我叫你毋通眩船你毋信，國語講：『婊子無情』，這句話無毋著啦！」

「彼陣若聽你的話著無這種事志，咱是好朋友，我毋驚予你笑，外口講的毋是完全無影，我予甜甜騙去七十外萬。」

「啥物，」烏鼠清仔訝異地，「誠實有這種事志？你敢有想欲去揣伊討？」

「無地討啦，我看這個甜甜毋是普通的趁食查某，一定佮黑道有掛勾。毋通錢討𡁜倒來，一條性命也綴伊去，按爾著衰潲。」

「事志哪會變按爾？」

於是貓仔馬俊把事情的原委，一五一十地告訴他。烏鼠清仔聽後，毫不客氣地數落他說：

「貓仔馬俊，你實在真傻瓜潲，去彼種所在純粹是撇戲做醮、開淡薄仔錢換爽，想𡁜到你規層皮攏去予彼個查某剝去。講實在的啦，趁食查某無一個是好料，你數想伊的人，伊數想你的錢，當你的錢銀開完無利用的價值，著莎喲娜啦再見啦！較早你佮伊咧親熱，我以為恁兩個湊陣去佚陶佚陶也無所謂，五日的時間若到，錢若開完，著煞煞去啦！想𡁜到你巧巧人會做這種戇事志。伊若是誠實欲嫁你，我看你趁的錢，無夠伊買名牌的衫褲佮化粧品啦！若是知影你會按爾，當初我實在無應該招你去廈門佚陶！」

「我實在真對不起阮老爸。」貓仔馬俊內心似乎有無限的愧疚。

「你今仔日終於良心發現，你想看覓，從你讀初中的時陣開始，你貓仔馬俊共恁老爸製造偌濟問題？規鄉里的人攏知影，世間上像恁跛跤膨豬這種老爸的人誠少，伊雖然跤有淡薄仔過樣，但是伊忠厚老實、拍拚作穡對人客氣，鄉里的好歹事志攏是帶頭佇做予人看。該已儉酸寠，艱苦人若是有困難伸手共伊借，伊無第二句話，實在予人真敬佩。若講著恁老爸，鄉里逐個人攏嘛咧呵咾。可惜伊儉落來的錢，你一下著共伊了去赫濟十萬，叫伊毋傷心、毋怨歎，實在是無可能的啦！」烏鼠清仔說後話鋒一轉，低聲地問：「你敢誠實著鏢？」

「講起來真見笑。」貓仔馬俊苦澀地笑笑。

「敢是甜甜彼個查某傳染予你的？」

「毋是，」貓仔馬俊有些難為情，「彼陣甜甜已經毋接我的電話，嘛毋佮我見面，我的心情實在真鬱卒。彼暗我啉一點仔燒酒，請服務生共我叫一個查某來消透消透的，想𣍐到伊共我叫來的彼個香香，親像矮仔冬瓜，歹看仔欲死去，我𣍐佮意才換小桃紅。小桃紅這個查某生了𣍐歹看，氣質𣍐輸甜甜，我有佮伊溫存較久，想𣍐到這個猶查某，已經著鏢抑擱咧趁食，才會予伊傳染著。講起來實在不幸擱見笑！」

「你敢有去看醫生？」烏鼠清仔關心地問。

「有啦，經過打針吃藥，已經好啦。」貓仔馬俊再次地感到羞愧，不禁搖著頭說：「見笑事啦！」

「講笑規講笑，實際上無某無猴的查甫人去開查某，認真講起來也無啥物大不了啦！但是該己一定著注意，菜花佮樣仔有藥通醫，若是染到梅毒佮愛滋病，彼聲著大聲啦！」烏鼠清仔提醒他說。

「你敢捌著過鏢？」

「這逝風流路若是欲行，毋免驚膾種菜花、生樣仔，我兩項經驗攏有過，見笑事啦！」烏鼠清仔竟也有點不好意思，「以後著較規矩的，若是娶某了後，這逝路千千萬萬毋通行。毋通學老枝伯仔彼個風流鬼，一個某、一個湊頭抑擱嫌無夠氣，竟然擱去揣趁食查某，誠實是老不修又擱老風流！」

「伊咧批評別人精霸霸，俗語話講『有喙講別人，無喙講該己』，啥人毋知伊是一隻老豬哥。外口物事會知影我予人騙去又擱著鏢，一定是伊四界宣傳、四界講，才會規四山坪攏知影。若毋是帶念著伊歲聲赫爾大，依我的個性，伊娘較好咧，我一定欲揣伊算數！」貓仔馬俊憤慨地說。

「人講『歹瓜厚籽，歹人厚言語』莫擱去插彼隻老豬哥啦。你該己千萬著注意，草包性地著徹底改一下，毋通擱去惹事生非，共恁老爸留一點仔面子，毋通擱予伊怨歎佮氣疼。」烏鼠清仔開導他說。

「認真講起來，阮老爸實在有夠可憐，食，毋成食；穿，毋成穿；睏，毋成睏，一日到暗做半死，連年兜嘛無通歇睏。我看伊這世人上怨歎的，毋是阮老母綴兵仔走，也毋是作穡做半死，是飼我這個不爭氣的了尾仔囝！」

「貓仔馬俊，經過赫濟事志，你今仔日總算覺悟啦。徛佇朋友的立場，我也有必要來苦勸你：人，毋驚失意，盡驚驚失志！你這陣才三十出頭，若欲認真搰力去拍拚機會真濟；恁老爸這陣身體還算勇健，欲有孝伊抑擱繪晚，俗語話講：『在生予伊食一粒塗豆，較贏死後孝一個豬頭』。你若是毋徹底改過，欲繼續放蕩落去，時間一去不回頭，機會錯過繪擱來，你貓仔馬俊這個了尾仔囝的臭名，也會永遠佇咱這塊土地留名！」

「鳥鼠清仔，你今仔日共我上這課，予我得到真大的啟示。從這陣開始，我貓仔馬俊一定會徹底改去較早不當的行為，絕對繪擱離開咱這塊土地一步，我會以阮老爸做我的榜樣，學習阮老爸佮這塊土地相依偎的精神，認真、搰力、勤儉、謙虛、誠實、孝順，我若是做繪到這幾點，我毋是人！」貓仔馬俊激昂地說。

「用彼支喙咒詛無路用啦，著以實際的行動做予人看。你所知影的，我較早嘛是愛佚陶，但是啥物事志著有一個分寸。你看，自從娶某了後，我已經真久無去大陸啦，該收心的時陣著會曉收心，專心做咱的事業才是真的，錢銀𣍐該已從天頂加落來。尤其是做人囝兒，絕對𣍐使共爸母製造問題，予伊氣身惱命，予伊佮人𣍐徛起，這是咱做囝兒的原則。貓仔馬俊，你讀過中學，頭腦比別人較好，若是用佇正途，無人拚會贏你啦！」

「鳥鼠清仔，想𣍐到你捌的道理竟然赫爾濟，社會大學這門課，你實在讀了真透，我貓仔馬俊甘拜下風，以後著多多向你學習。」貓仔馬俊由衷地說。

然而，正當貓仔馬俊準備發奮圖強、重新做人，好好打拚一番時，之前以房契向商家抵押貸款二十五萬的利息錢卻好幾個月未曾繳納，以月息二分計算，每月就高達五千元。而跛跤膨豬賣家畜家禽或農作物的錢，已不再交由他保管，每月僅給他幾百元的零用錢，支付利息都不夠，遑論償還本金。即使他有改過自新的堅強意志，但短期間內，仍然難以得到父親的信任，若要父親再把錢交予他保管，不知須待何時。而商家之敢於把錢借給他，似乎也不怕他賴帳不還，因為他抵押的是房契，而房子則是祖先遺留下來的厝宅，大廳供奉的都是列祖列宗的神主牌位，在傳統的觀念裡，誰也不敢輕率地把祖厝變賣掉，除非是敗家子。

倘使借錢的人沒有還錢的誠意，商家亦可透過法律訴訟強制執行，屆時，儘管跛跤膨豬有足夠的財力把它贖回，但勢必會讓他感到難堪。尤其在民風淳樸的鄉下，似乎鮮少有人拿祖厝的房契去貸款，或因此被法院查封拍賣的情事。一旦貓仔馬俊無力償還貸款，卻又置之不理，即使商家不會以暴力來討債，但必然會透過法律來解決。果然不出所料，貓仔馬俊既無錢可還，又不去協商，復又不敢向父親稟告，故而一直沒有把這件事做一個妥善的處理。於是商家在不得已的情況下，不得不放出風聲，把準備向法院申請查封拍賣的信息透露出去，讓貓仔馬俊知道後能主動出來協商解決，或有一個心理上的準備，以免傷了鄉親之間的和氣。儘管貓仔馬俊聽到消息後想設法來掩飾，但終究紙包不住火，還是傳到跛跤膨豬的耳朵裡。

雖然跛跤膨豬一生務農，大字又識不了幾個，但他並非不明是非，在得到這個信息後，即使氣得快吐血，但也不得不暗中加以查證，以免誤聽外界的傳言而冤枉了孩子。果真，古厝的房契不見了，這對他來說簡直非同小可，他什麼都可以不要，包括馬俊這個「教膾上逝」的了尾仔囝。但是先人遺留下來的田園厝宅，非僅不能任其荒蕪，更必須把它發揚光大，如此才對得起先人蓽路藍縷締造家園的苦心。一旦房契流落他人手中，古厝亦將沒有保障，這是他死也不願意見到的事。於是他把田裡的瑣事擱一邊，經過明查暗訪，他找上了商家。

「頭也，我是楊膨豬，人叫我跛跤膨豬啦。」跛跤膨豬禮貌地向商家自我介紹。

「哦，原來你著是膨豬叔仔，失敬、失敬！」頭家是一位敦厚的中年男子，他禮貌地打過招呼後，並順手拉出一張椅子、遞上茶，「膨豬叔仔，你請坐、請啉茶！」

「頭也，真歹勢啦，聽講阮兜彼個了尾仔囝來共你借錢？」跛跤膨豬開門見山地問。

「小可事志啦。」頭家一副無所謂的樣子。

「毋是大事志小事志的問題，欠錢還錢是應該的。聽講有提一張厝契來這予你抵押。」

「是啦，是啦，」頭家邊說邊從抽屜取出房契，「著是這張啦。」

看到那張泛黃的房契，霎時，跛跤膨豬眼睛為之一亮，整顆心也不自禁地揪了起來。他以顫抖的手，從頭家手中接下這張看來不起眼，實則意義深重的房契，內心除了萬分沉痛，更有即將窒息之感。這個了尾仔囝，果真做出這種天理難容的事，竟敢把先人遺留下來的房契拿來抵押！然而，明理的跛跤膨豬，該怪的是自己沒有把這個了尾仔囝「教示好」，豈能怪放高利貸的商家。

「你共我算算的，母錢佮利息加起來攏總偌濟？」跛跤膨豬展現出十足的誠意。

「母錢二十五萬，半年的利息三萬箍，加起來攏總是二十八萬啦。」頭家心裡已有數，不假思索地說。

「真歹勢，我這陣身軀無帶錢，我明仔日一定提錢來佮你算清楚。」跛跤膨豬說後看看他，「毋知我予你會相信的膾？若是膾相信的，你綴我來阮兜，我會使共銀行的存單提予你看。」

「你千萬毋通按爾講，你的誠意我感受會著，實際上我也毋是靠這項咧趁食的，我佮你仝款啦，嘛是幫助真濟艱苦人。但是這陣誠濟少年人，目睭生佇頭殼頂，欲食毋討趁，一日想空想縫，騙東騙西，四界借錢來開。講實的，對這種少年人，我實在看膾慣勢，所以佃赫若來共我借錢，除了著提田契抑是厝契來抵押，我也會以重利來共伊算利息。一方面共伊教訓，另方面予伊知影錢銀歹趁。」頭家娓娓道來。

「我贊成你的作法，」跛跤膨豬點點頭，內心亦有無限的感歎，「我毋驚你笑，阮兜彼個了尾仔囝就是像你講的按爾啦，實在是怨歎無地講啊！」

「你也毋通傷傷心，恁這個少年也看起來頭腦膾歹，將來一定會改變。」頭家安撫他說。

「我毋敢數想啦！」跛跤膨豬搖搖頭，內心的苦楚的確是無人知，「頭也，我毋耽誤你的時間，我明仔日一定會提錢來佮你算清楚。」

「按爾好啦，你明仔日若欲提錢來，還我廿五萬母錢著好，利息毋免算啦！」頭家展現出巨大的誠意。

「無囉，該怎樣算著怎樣算，我絕對有還錢的誠意，你毋通可憐我！」

「膨豬叔仔，我知影你有錢、還會起，但是我毋是咧可憐你，是尊敬你。我親目看著，真濟父母倖囝倖了無款，無檢討該己攏是怪別人，有時陣為著個的囝兒，明明該己無理，擱會大聲細聲佮人枵飽吵。親像你膨豬叔仔赫爾明理，又擱赫爾有誠意欲替囝兒解決事志的老大人，實在真少。這個就是我毋共你提利息的主要原因。」頭家解釋著說。

「按爾歹勢啦！」跛跤膨豬萬萬想不到。

「你毋通客氣，你的為人處事，序細的著向你學習。」

「講起來誠漏氣，該己的囝仔無才調通管教，才會造成今仔日這種勢面。你的恩德我跛跤膨豬會永遠記咧心肝內。」

「你千千萬萬毋通按爾講……。」

翌日，跛跤膨豬帶著一袋地瓜和芋頭，以及二隻自家餵養的土雞，準備送給頭家，以聊表他的心意。於是他先到銀行提領二十五萬元，再轉往頭家處，他刻意地把帶來的物品放在店門口，先行入內，並急著把錢取出來。

「頭也，這是二十五萬啦，予你點一下。」說後，把錢放在櫃台。

「膨豬叔仔，你哪會赫爾趕緊咧。」頭家顯得有些不好意思。

「我一世人愛佮人清清楚楚，有的人是欠人的錢好食好睏、無所無謂，我是欠人的錢𣍐食擱𣍐睏的。」跛跤膨豬微微地笑笑，復又催促著說：「你緊共這錢點一下，點看著抑是毋著。」

「𣍐毋著啦，」頭家說著，看也不看一眼，就隨手放進抽屜裡，隨後取出房契交還給他，「膨豬叔仔，這張是厝契，你著收予好。」隨後移動著腳步，「你坐一下，我來去泡茶。」

「我提幾塊仔番薯欲來予你煮。」說後轉身走出去，提著東西又進來，「安薯芋攏是我該己種作的，雞也是我該己飼的，不成敬意啦！」

「膨豬叔仔，你提即濟物件，欲叫我怎樣講咧！」頭家接過他手中的東西，不知如何是好。

「粗俗物件啦，毋通棄嫌啦，」跛跤膨豬緩緩地移動腳步，「你無閒，我先走，若有閒才來鄉下揣我泡茶。」

「好啦，你若是有來街路買物件，才來坐……。」

「會啦……。」

跛跤膨豬回到家後，小心翼翼地把那張泛黃的房契放在原來的盒子裡，然而，他並沒有把房契贖回來的事告訴孩子，他急躁的性子已被這個了尾仔囝給磨滅了，可是心中那股怨氣則始終難以下嚥。每當看到他那副滿口謊言的嘴臉，就彷彿看見那個生他的豬哥副村長，以及秋月那個跟兵仔走的猶查某。說來可憐，自己辛苦了一輩子，到底是為誰辛苦為誰忙？如今歲月不饒人，他已垂垂老矣，面對這個不爭氣的了尾仔囝，往後的人生歲月，他還有什麼指望。跛跤膨豬想著、想著，愈想愈氣，愈想愈不是滋味，情不自禁地老淚縱橫……。

於是他經過多日的思考，倘若活著時痛心，死後備極哀榮又有什麼意思？如果生前不能快活，死後神主牌上多一個孝男來奉祀又有什麼意義？何況，這個了尾仔囝與他一點血緣關係也沒有，就算自己衰瀦白養了他三十年，要不，又能奈何呢？每當夜深人靜時刻，他曾想過要以掛在牆壁上的那條牛繩來結束自己的生命，讓自己早一點解脫，讓自己早一點離開這個令他既痛苦又失望的人間苦海。然而，當他看到供桌上列祖列宗的神主牌位，當他想起先人遺留下來的田園厝宅時，一旦他做出如此的選擇，祖龕裡的祖公祖嬤怎麼會寬恕他？同時，自裁不也是弱者的行為嗎？就憑他跛跤膨豬一生清清白白，安份守己，與世無爭，豈能做出這個錯誤的決定。因此，讓他陷入痛苦的思維裡……。

終於，他想出一個可行的辦法，但似乎也是一個痛苦的抉擇。他理應把孩子的身世原原本本地坦誠相告，而後讓他回去認祖歸宗，就此中斷他們三十年的父子情緣，以減輕他的精神負擔和痛苦。即使副村長已往生多年，但畢竟還有他同父異母的兄弟姐妹們。如果他的想法真能實現，往後他寧願獨自一個人，守護先人遺留下來的田園厝宅直到百年後，也不願再承受這種精神上的折磨和苦痛，更何況，他並沒有虧欠他。拋棄撫養他三十年不算，這幾年來，該替他向人陪罪或道歉的他已做過，不該替他還的錢他亦已幫他還清。倘使說有值得欣慰的地方，那就是這個了尾仔囝，叫了他將近三十年的阿爸。雖然有時心甘情願，但有時卻也心不甘情不願，甚至還會睜大眼睛瞪著他。人老就不中用啦，每當想起這個了尾仔囝，跛跤膨豬內心依然有無限的感歎……。

冬至祭完祖，跛跤膨豬已顧不了相處三十年的父子之情，他向祖龕裡的列祖列宗焚香稟告，他準備把這個了尾仔囝的身世據實告訴他。如果他選擇回去認祖歸宗，往後一旦楊家的香煙中斷，請勿怪罪他這個不孝的子孫，當他虔誠地擲下杯筊時，果然是聖杯。既然已得到祖先的同意，於是他把貓仔馬俊叫到祖龕前，心平氣和地說：

「你敢知影今仔日是啥物日子？」

「阿爸，三歲囝仔嘛知影，今仔日是冬節。」

「無毋著，今仔日是冬節。古早人講，食過冬節圓仔著大一歲，若是按爾算起來，你已經足足三十一歲啦。」

「是啦，時間過了真緊，阿爸你嘛欲七十啦，阮阿母綴兵仔走、嘛將近欲二十年啦。」

「人生有真濟事志誠歹講，若無恁老母，咱無三十外年的爸囝情。雖然秋月仔的身影已經咧我頭殼內漸漸𣍐記去，但伊是你的老母，你佮伊有分割𣍐斷的母囝情，因為你是從伊的腹肚內生出來的，毋是從石頭縫走出來的。我今仔日佇楊家祖公祖嬤的神主牌前，有一項事志一定著共你講清楚……。」跛跤膨豬尚未說完。

「啥物事志？」貓仔馬俊急促而緊張地問。

「你的生母是秋月仔著毋？」

「著。」

「你的生爸是啥物人，你敢知？」

「當然嘛是你。」

「毋著！」跛跤膨豬搖搖頭，語氣堅決地。

「毋著？」貓仔馬俊睜大眼睛，「毋是你、是啥物人？」

「是較早恁老母佃彼村的副村長。」

「敢誠實按爾。」貓仔馬俊顯得極為冷靜。

於是跛跤膨豬懷著極端沉重的心情，把事情的來龍去脈與原委，原原本本地向他說了一遍。然而，當貓仔馬俊聽完父親的敘述後，出乎意料地，情緒並沒有太大的起伏變化，就彷彿是以平常心，聽他老人家講述一個古老的傳奇故事，未曾在他心湖裡，激起一絲兒漣漪，讓跛跤膨豬深感不解。

「雖然副村長已經死去真濟年，佃規家口也搬去別位徛，但是聽講伊的囝兒攏佇政府機關咧食頭路，稍探聽一下著知影。我今年已經欲七十啦，擱活是無幾年，趁我這陣目睭金金，你應該著倒去認祖歸宗，佮恁赫兄弟姐妹相認。」跛跤膨豬說著說著，內心似乎有無限的感傷。

「阿爸，無毋著，我較早有普普仔聽到一點仔關於該已身世的事志。雖然阮阿母生我，但是伊並無負起做老母的責任，從細漢就是阿爸你父兼母職，捏屎捏尿共我捏大漢的。無管別人怎樣講，無管你的想法是怎樣，這陣佇我心肝內，你才是我的阿爸，祖龕內的祖公祖嬤，才是我的祖公祖嬤，無啥物通懷疑的！我該已知影這幾年來，做了真濟予你傷心失望的事志，予你氣身惱命佮怨歎。阿爸，我對不起你……。」貓仔馬俊紅著眼眶，激動地說。

「你今年已經三十外歲啦，當你知影該已的身世了後，應該著倒去認祖歸宗才著。」跛跤膨豬雖然說得很勉強，但似乎已鐵了心，絲毫顧不了三十年的父子之情，想和他做一個了斷。

「阿爸，我本來就是楊家的囝孫，你欲叫我擱去陀位認祖歸宗？」貓仔馬俊已意識到是怎麼一回事，或許父親已對他徹底地失望，才會不顧及三十年的父子情緣。於是情不自禁地悲從心中來，竟不由自主地雙腳跪地，哽咽地說：「阿爸，敢是你毋挃我，欲共我趕出去？欲斬斷咱三十年的爸囝情？」

跛跤膨豬眼眶泛紅，面對祖龕的神主牌位沉默不語，可是他內心的沉痛，又有誰知道呢？三十年的父子深情，他何曾忍心要把它切割掉，只因為這個了尾仔囝已無藥可救，讓他徹底地感到寒心。

然而父親的沉默不語，卻愈增加貓仔馬俊的悲傷和痛苦。於是他竟像孩子般地跪在地上啜泣，並一再重複地問：「阿爸，你是毋是毋挃我，欲共我趕出去？欲斬斷咱三十年的爸囝情……。」

跛跤膨豬目睹他如此的舉止，非僅衍生不出一絲兒同情之心，甚至原本平靜的心湖，亦在此時起了巨大的變化，再也控制不住自己激動高昂的情緒，怒指著他，高聲地咆哮著說：

「我跛跤膨豬教牛犁田，毋免犁十逝，牛著上逝。想繪到我千辛萬苦教你三十外年，抑擱教你繪上逝！予你講、予你講，我會傷心繪？我會失望繪？你該已想看覓，這幾年來，你佇外口共我惹偌濟事志，惹了後敢有才調通去收山，一項一項攏著我這個老歲仔來共你拭尻川，你敢有良心？敢繪傷過份？竟然又擱偷提厝契借錢去予大陸查某，無共祖公祖嬤佮恁爸看咧目睭內，你這種敗德的行為，敢有天良？敢毋驚去予雷公敲？將心比心啊，予你講、予你講，我會清心繪？我會清心繪？」

「阿爸，我毋著、我毋著，請你原諒我，請你最後擱原諒我一過！從今以後若是無聽你的話，若是擱做毋著事志，我甘願予你舉掃帚頭共我拍出去，絕對繪怨恨，絕對繪有半句怨言！阿爸，咱爸仔囝相依為命已經赫濟年啦，我繪使無你這個老爸；你飼我大漢的恩情，我時時刻刻攏記咧心肝內，絕對繪去予繪記的。雖然我較早毋捌想，做真濟毋著的事志予你傷心、予你失望。但是今仔日，我甘願跪佇咱楊家祖公祖嬤的神主牌前咒詛，以後若是無聽你的話，抑是有擱違背你的所在，我會予……。」貓仔馬俊尚未說完。

「徛起來，若是毋捌想又擱𣍐曉通悔過，用彼支喙咧咒詛有啥物路用！堂堂男子漢，敢做敢擔當，有錯著改，改過了後著認真搰力去拍拚，做淡薄仔予咱鄉里人看覓，才有男子漢大丈夫的氣魄！才𣍐予人看衰潲！」跛跤膨豬情緒依然高漲，除了高聲地阻止他的詛咒，更是勃然大怒說出重話。

貓仔馬俊不敢怠忽緩緩地站起，驚愕地看看父親，然而就在此時，出現在他眼簾的，竟是一張滿佈皺紋的黝黑面龐。不錯，這就是父親的臉，一張既嚴肅又慈祥的臉，一張無怨無悔父兼母職的臉，一張熱心於鄉里事務的臉，一張為這片土地默默奉獻的臉，而橫刻在他古銅色肌膚上的深深溝渠，不就是歲月遺留下來的印記麼？因而，看到如此的情狀，讓他感到前所未有的茫然和悲傷。

可憐的父親，八歲失怙，十七歲失恃，歷經生命中的淒風苦雨，看盡人情的冷暖與世道的蒼茫。除了晚婚，妻子又跟兵仔跑，留下一個非自己親生骨肉的孩子與他相依為命。而偏偏這個了尾仔囝又好高騖遠，不務正業，經年累月在外惹事生非，讓他「氣身」又「惱命」。蒼天待他未免也太不公平了，無情的歲月亦未曾給予他特別的關注，徒留一個勞頓的身軀在人間，真是情何以堪啊！

故此，當貓仔馬俊領略到父親在坎坷的人生旅途中，對家庭所做的犧牲和奉獻，對子女所寄予的厚望和期待時，他尚未泯滅的人性與沉睡多時的良知，終於被他仁慈的心腸與懇切的善言喚醒。即使父親氣憤時使用的語言較尖銳，然則句句都是啟發他努力向上的金玉良言。他勢將義無反顧地，以一顆感恩之心接受父親的教誨，往後勢必也會以此為警戒，不容重蹈覆轍，更必須痛定思痛記取教訓，務須以一顆誠摯之心實踐對父親的承諾，復以謙卑之情懷面對這座孕育他成長的島嶼，並以生長在這塊土地的子民為榮。

父親沒說錯，堂堂男子漢，敢做敢當，知錯要改，實事求是，才不會讓人瞧不起！假設連這些為人處事的基本道理都不懂，還須勞駕一位歷盡苦難的老年人來操心、來勞神、來告誡，實非為人子女該有的作為。倘或如此，不僅枉費父親養育他的苦心，又怎配做人，怎配立身在這個歷經砲火蹂躪的小島上，面對純樸善良的鄉親父老，面對楊家祖龕列祖列宗的神主牌位。貓仔馬俊想著、想著，終於難忍激動高昂的情緒，情不自禁地淚流滿面，內心更充滿著無以計數的感傷和愧疚⋯⋯。

尾聲

翌年元月，貓仔馬俊經人介紹，娶了越南女子阮氏香蓮為妻。阮氏出身清寒農家，個兒雖非高大粗壯，但無論家事或農事，其熟練與勤奮的程度，不亞於在地的農家女，甚至有過之而無不及。即使雙方在語言溝通上較不圓熟滑利，但並不影響她相夫教子、孝順公公，以及做一個稱職的家庭主婦之本分。阮氏憑恃著她的聰穎和認真，對島上的民情風俗很快就進入狀況，對「入港隨灣，入鄉隨俗」這句俗諺亦有深刻的瞭解和體會。

尤其是令許多外籍配偶聞之卻步的拜神祭祖，她更是慎重其事，絲毫不敢怠慢。跛跤膨豬看到如此勤勞儉樸又「捌世事」的媳婦，復加兒子已徹底地洗心革面，真正領悟到「勤耕佈種般般有，懶作生涯件件無」這句俗話的意涵。於是他黝黑多皺的面龐，終於露出一絲久未出現的笑容。鄉人看到如此的情景，並不認為是「天公疼戇人」，若以「天公疼好人，好心有好報」來形容一生勞碌勤奮又樂於助人的跛跤膨豬，似乎更恰當。

同年十月，阮氏替楊家生了一個女兒，跛跤膨豬也正式升格為阿公。雖然他冀望媳婦頭胎能生一個孫子，好延續楊家的香煙。然而，儘管不能如願，但有女就有男，何況他們還年輕。若依媳婦的體型與兒子強壯的身體而言，再生幾胎絕無問題，他衷心地期待著這一天的到來。只因為人生朝露啊，好讓他孤寂的晚年，能享受多一點含飴弄孫的樂趣。

孫女彌月那天，跛跤膨豬打破舊時重男輕女的傳統藩籬，不僅以油飯和紅蛋分送全村各家戶，甚至還以豐盛的酒席，宴請專程來為媳婦「做月內」的至親好友和村人，這種情事在這個偏僻的小農村是極其少見的。當賓主盡歡後，烏鼠清仔拿著照相機，熱心地要為他們照一張全家福。只見跛跤膨豬抱著剛滿月的孫女坐在椅子上，孫女微閉著眼，顯得極為安詳可愛；兒子與媳婦各退一步站在兩側，三代同堂將共享幸福美滿的時光。

當他們各就定位後，烏鼠清仔調整光圈，對準焦距，在他準備按下快門時，毋忘喊著：「笑一下、笑一下」。霎時，兒子和媳婦臉上盈滿著幸福的笑靨，孫女竟也瞇著眼露出一絲童稚的笑容，可是跛跤膨豬黝黑的面龐，卻掛著兩行欣慰的淚水。即使這是一張值得珍藏的全家福照片，但他心靈深處似乎仍有許多莫名的感傷，不禁搖搖頭喟然長歎，這個了尾仔囝……。

（全文完）

原載二〇一一年十一月十八日起至二〇一二年三月十日止《金門日報．浯江副刊》

創作記事

一九四六年　八月生於金門碧山。

一九六一年　六月讀完金門中學初中一年級因家貧輟學。

一九六三年　一月任金防部福利單位雇員，暇時在「明德圖書館」苦學自修。

一九六六年　三月首篇散文〈另外一個頭〉載於《正氣中華日報・正氣副刊》。

一九六八年　二月參加救國團舉辦「金門冬令文藝研習營」，講師計有：鄭愁予、黃春明、舒凡、張健、李錫奇，以及在金服役的詩人管管等，為期一週。除楊天平老師、洪篤標先生與作者係來自社會階層外，餘均為本地國、高中在學學生。現今活躍於金門文壇的作家與文史工作者例如：黃振良（曉暉）、黃長福（白翎）、林媽肴（林野）、李錫隆（古靈）……等，均為當年文藝營學員。

一九七二年　五月由金防部福利單位會計晉升經理，並在政五組兼辦防區福利業務。六月由台北林白出版社出版文集《寄給異鄉的女孩》，八月再版。

一九七三年　二月長篇小說《螢》載於《正氣中華日報・正氣副刊》。五月由台北林白出版社出版發行。七月與友人創辦《金門文藝》季刊，擔任發行人兼社長，撰寫發刊詞，主編創刊號。九月行政院新聞局以局版臺誌字第〇〇四九號核發金門地區第一張雜誌登記證，時局長為錢復先生。

一九七四年　六月自金防部福利單位離職，輟筆，在金湖鎮新市里復興路經營「金門文藝季刊社」（販賣書報雜誌與文具紙張），後更改店名為「長春書店」。

一九七九年　一月《金門文藝》季刊革新一期，由旅台大專青年黃克全、顏國民等先生接辦，仍擔任發行人。

一九九五年　創作空白期（一九七四年～一九九五年），長達二十餘年。
七月復出，新詩〈走過天安門廣場〉載於《金門日報・浯江副刊》，八月散文

一九九六年　〈江水悠悠江水長〉載於《青年日報副刊》。九月短篇小說〈再見海南島・海

南島再見〉脫稿，廿四日起至十月五日止載於《金門日報・浯江副刊》，該文刊出後，受到讀者諸多鼓勵，亦同時引起文壇矚目。

一九九七年　一月由台北大展出版社出版發行三書：《寄給異鄉的女孩》增訂三版，《螢》再版，《再見海南島・海南島再見》初版。三月長篇小說《失去的春天》脫稿，廿五日起至六月廿五日止載於《金門日報・浯江副刊》，七月由台北大展出版社出版發行。

一九九八年　一月中篇小說《秋蓮》上卷〈再會吧，安平〉脫稿，一月廿日起至二月十八日止載於《金門日報・浯江副刊》。五月下卷〈迢遙浯鄉路〉脫稿，廿四日起至六月十五日止載於《金門日報・浯江副刊》。八月由台北大展出版社出版發行三書：《秋蓮》中篇小說，《同賞窗外風和雨》散文集，《陳長慶作品評論集》艾翎編。

一九九九年　十月散文集《何日再見西湖水》由台北大展出版社出版發行。

二〇〇〇年　五月金門縣寫作協會「讀書會」假縣立文化中心舉辦《失去的春天》研討會，作者以〈燦爛五月天〉親自導讀。十月長篇小說《午夜吹笛人》脫稿，十八日起至十二月六日止載於《金門日報・浯江副刊》，十二月由台北大展出版社出版發行。

二〇〇一年

四月〈今年的春天哪會這呢寒——咱的故鄉咱的詩〉，載於《金門日報・浯江副刊》。十二月中篇小説《春花》脱稿，廿三日起至翌年元月廿二日止載於《金門日報・浯江副刊》。

二〇〇二年

三月中篇小説《春花》由台北大展出版社出版發行。四月中篇小説《冬嬌姨》脱稿，廿九日起至五月三十一止載於《金門日報・浯江副刊》，八月由台北大展出版社出版發行。十二月由國立高雄應用科技大學金門分部觀光系主辦，行政院文建會及金門縣政府協辦之「碧山的呼喚」系列活動，作者親自朗誦閩南語詩作：〈阮的家鄉是碧山〉為活動揭開序幕。散文集《木棉花落花又開》由台北大展出版社出版發行。

二〇〇三年

五月中篇小説《夏明珠》脱稿，一日起至六月十六日止載於《金門日報・浯江副刊》，十月由台北大展出版社出版發行。同月長篇小説《烽火兒女情》脱稿，廿六日起至翌年元月九日止載於《金門日報・浯江副刊》。十一月長篇小說《失去的春天》由金門縣政府列入《金門文學叢刊》第一輯，並由台北聯經出版公司與金門縣文化局聯合出版發行。十二月〈咱的故鄉 咱的詩〉七帖，由金門縣文化中心編入《金門新詩選集》出版發行。其詩誠如國立台灣藝術大學副教授詩人張國治所言：「他植根於對時局的感受，對家鄉政治環境的變遷，世風流俗的易變，人心不古，戰火悲傷命運的淡化等子題關注，……選擇這種分行，類對句……、俗諺，類老者口述，叮嚀，類台語老歌，類台語詩的文類……鋪陳一股濃濃的鄉土情懷。」

二〇〇四年

三月長篇小說《烽火兒女情》由台北大展出版社出版發行。七月《金門文藝》由金門縣文化局復刊，並由原先之季刊改為雙月刊，發行人由局長李錫隆先生擔任，總編輯為陳延宗先生。八月長篇小說《日落馬山》脫稿，九月五日起至十二月廿六日止載於《金門日報・浯江副刊》。

二〇〇五年

元月〈歷史不容扭曲，史實不容誤導——走過烽火歲月的金門特約茶室〉脫稿，廿三日起載於《金門日報・浯江副刊》。二月長篇小說《日落馬山》由台北大展出版社出版發行。三月散文集《時光已走遠》由金門縣文化局贊助，台北大展出版社出版發行。四月短篇小說〈將軍與蓬萊米〉脫稿，廿七日起至五月八日載於《金門日報・浯江副刊》。七月中篇小說〈老毛〉脫稿，十日起至八月十二日止載於《金門日報・浯江副刊》。八月《走過烽火歲月的金門特約茶室》獲行政院文建會、福建省政府、金酒實業（股）公司贊助，十一月由台北大展出版社出版發行。金門縣鄉土文化建設促進會於同月二十六日為作者舉辦新書發表會。二十九日《聯合報》以半版之篇幅詳加報導，撰文者為資深記者李木隆先生。

二〇〇六年

一月〈關於軍中樂園〉載於《中國時報・人間副刊》。三月五日當選金門縣采風文化發展協會第三屆理事長。長篇小說《小美人》脫稿，廿日起至七月廿七日止載於《金門日報・浯江副刊》。六月《陳長慶作品集》（一九九六～二〇〇五）全套十冊（散文卷二冊，小說卷七冊，別卷一冊）由台北秀威資訊科技公司出版發行。八月長篇小說《小美人》亦由台北秀威資訊科技公司出版發行。十一月長篇小說《李家秀秀》脫稿，十二月一日起至翌年四月五日止載於《金門日報・浯江副刊》。同月《金門特約茶室》由金門縣文化局出版發行。

二〇〇七年

該書出版後，除「東森」、「三立」、「中天」、「名城」……等多家電子媒體，針對「金門軍中特約茶室」之議題，專訪作者詳予報導外，亦有部分平面媒體深入報導。計有：二〇〇七年一月十八日，《金門日報》記者陳麗妤專訪報導（刊於地方新聞版）。一月二十日，廈門《海峽導報》記者林連金報導（刊於金門新聞版）。二月十一日，台北《蘋果日報》記者洪哲政報導（刊於A2要聞版）。三月十二日，台北《第一手報導雜誌社》記者蕭銘國專題報導（刊於五二七期社會新聞五六～五八頁）。

六月長篇小說《李家秀秀》由台北秀威資訊科技公司出版發行。《金門特約茶室》再版二刷。八月散文〈風雨飄搖寄詩人〉載於《金門日報・浯江副刊》。十月長篇小說《歹命人生》脫稿，廿一日起至翌年三月廿日止載於《金門日報・浯江副刊》。同年並相繼完成：〈風格與品味——試論林怡種《天公疼戇人》〉、〈永不矯揉造作的筆耕者——試論寒玉《女人話題》〉、〈省悟與感恩——試論陳順德《永恆的生命》〉等三篇評論，均分別刊載於《金門日報・浯江副刊》。

二〇〇八年

六月長篇小說《歹命人生》由台北秀威資訊科技公司出版發行。八月長篇小說《西天殘霞》脫稿，九月一日起至翌年元月廿九日止載於《金門日報·浯江副刊》。並相繼完成：〈藝術心·文學情——試論洪明燦《藝海騰波》〉、〈走過青澀的時光歲月——試論寒玉《輾過歲月的痕跡》〉、〈以自然為師——試論洪明標《金門寫生行旅》〉、〈本是同根生 花果兩相似——張再勇《金廈風姿》〉跋等四篇評論，均分別刊載於《金門日報·浯江副刊》。張再勇先生的《金廈風姿》，更成為二〇〇八年「第三屆世界金門日翔安大會」指定贈送與會貴賓的書刊之一。十二月短篇小說〈將軍與蓬萊米〉由金門縣文化局收錄於《酒香古意——金門縣作家選集·小說卷》。

二〇〇九年

二月評論〈攀越文學的另一座高峰——試論寒玉《島嶼記事》〉，三月散文〈太湖春色〉，四月評論〈為東門歷史作見證——試論王振漢《東門傳奇》〉均分別載於《金門日報·浯江副刊》。長篇小說《西天殘霞》由台北秀威資訊科技公司出版發行。五月經榮總血液腫瘤科醫師證實罹患「慢性淋巴性白血病」（血癌）。六月以散文〈當生命中的紅燈亮起〉載於《金門日報·浯江副刊》敘述罹病之過程，並以「聽天由命」之坦然心胸接受追蹤檢查與治療。評論《攀越文學的另一座高峰》由金門縣文化局贊助出版。散文〈榕蔭集翠〉載於《金門日報・浯江副刊》。七月評論〈默默耕耘的園丁——試論林怡種《金門奇人軼事》〉載於《金門日報・浯江副刊》。八月《金門特約茶室》由金門縣文化局推薦，榮獲國史館台灣文獻獎，惟獎狀與獎金均由文化局具領。評論〈後山歷史的詮釋者——試論陳怡情《碧山史述》〉載於《金門日報・浯江副刊》，金門宗族文化研究協會《金門宗族文化》於同年冬季號（第六期）轉載。九月起專心整理友人所寫序跋與書評，並以《頹廢中的堅持》為書名。十月「咱的故鄉 咱的詩」——〈阮的家鄉是碧山〉、〈故鄉的黃昏〉、〈寫予阮俺娘的一首詩〉、〈咱主席〉、〈今年的春天哪會這呢寒〉由金門縣文化局收錄於《仙州酒引——金門縣作家選集・新詩卷》。十一月《頹廢中的堅持》整理完竣，並以〈後事〉乙文代序。十二月〈金門文藝的前世今生〉載於《金門日報・浯江副刊》，《金門文藝》雙月刊（金門縣文化局出版）於第三十四期（二〇一〇年元月）至第三十九期（二〇一〇年十一月）分六期轉載，為該雜誌留下完整的歷史記錄。

二〇一〇年

元月評論〈大時代兒女的悲歌——試論康玉德《霧罩金門》〉載於《金門日報・浯江副刊》，福建省漳州師範學院閩台文化研究所《閩台文化交流》（季刊）於同年第二季（二十二期）轉載。四月評論〈誠樸素淨的女性臉譜——試論陳榮昌《金門金女人》〉載於《金門日報・浯江副刊》。五月《頹廢中的堅持》由台北秀威資訊科技公司出版發行，評論〈源自心靈深處的樂章——試論一梅《一曲鄉音情未了》〉載於《金門日報・浯江副刊》。七月評論〈尋找生命原鄉的記憶——試論寒玉《浯島組曲》〉及散文〈神經老羅〉均分別載於《金門日報・浯江副刊》。九月短篇小說〈人民公共客車〉載於《金門日報・浯江副刊》。十月《時報周刊》資深編輯楊肅民先生、採訪編輯張孝義先生以〈解放官兵四十年八三一重現金門〉為題專訪作者，並針對《金門特約茶室》乙書詳加報導，圖文刊於一七〇二期（二〇一〇年十月一日～十月七日）出版之《時報周刊》第四十一至四十五頁。評論〈對歲月的緬懷，對故土的敬重——試讀李錫隆《新聞編採歲月》〉載於《金門日報・浯江副刊》，金門文化局《金門季刊》第一〇六期摘錄轉載（二〇一一年九月）。十一月以〈一位重大傷病者的心聲〉投書《金門日報・言論廣場》，針對署立金門醫院醫師服務態度及藐視病患之權益提出批評，《金門日報》並以「社論」〈提升醫療品質當以病人為中心——從陳長慶先生的投書談起〉，加以呼應。評論〈從歷史脈絡，尋浯島風華——試論黃振良《浯洲場與金門開拓》〉載於《金門日報・浯江副刊》。十二月散文〈風暴之後〉載於《金門日報・浯江副刊》。

二〇一一年

元月受《金門文藝》總編輯陳延宗先生之邀，撰寫【信件對談式】散文，並以〈冬陽暖暖寄詩人〉與楊忠彬先生對談。四月中篇小說〈花螺〉脫稿，十八日起至五月二十一日止載於《金門日報・浯江副刊》並針對「金門縣政留言版」二則評論，以〈花螺本無過，何故惹塵埃〉加以反駁。六月評論〈遊子心 故鄉情——試讀陳慶元教授《東吳手記》〉載於《金門日報・浯江副刊》，《金門宗族文化》一〇〇年冬季（第八期）轉載，福建省漳州師範學院閩台文化研究所《閩台文化交流》（季刊）於同年第三季（二十七期）轉載，金門縣文化局《金門季刊》第一〇七期轉載（二〇一一年十一月）。散文〈重臨翠谷〉

載於《金門日報・浯江副刊》，並同時進行長篇小說《了尾仔囝》之書寫。七月經榮總血液腫瘤科醫師追蹤檢查結果，白血球已由初診時的三萬八千，上升到目前的六萬一千，惟情緒並無受到太大的影響，仍然依照原計畫，抱病繼續撰寫《了尾仔囝》。九月長篇小說《了尾仔囝》脫稿，十一月十八日起在《金門日報・浯江副刊》連載。十二月金門文化局編列《金門文藝》新年度一百萬元印刷經費預算，遭金門縣議會全數刪除，《金門文藝》在復刊出版四十五期後，又遭受停刊的命運。散文〈寫給來不及長大的外孫〉載於《金門日報・浯江副刊》，並決定出版中篇小說《花螺》。

二〇一二年

三月長篇小說《了尾仔囝》連載完結，並由秀威資訊科技公司出版發行。

釀文學77　PG0740

了尾仔囝

作　　者　陳長慶
責任編輯　黃姣潔
圖文排版　鄭佳雯
封面設計　陳佩蓉

出版策劃　釀出版
製作發行　秀威資訊科技股份有限公司
114 台北市內湖區瑞光路76巷65號1樓
電話：+886-2-2796-3638　傳真：+886-2-2796-1377
服務信箱：service@showwe.com.tw
http://www.showwe.com.tw
郵政劃撥　19563868　戶名：秀威資訊科技股份有限公司
展售門市　國家書店【松江門市】
104 台北市中山區松江路209號1樓
電話：+886-2-2518-0207　傳真：+886-2-2518-0778
網路訂購　秀威網路書店：http://www.bodbooks.com.tw
國家網路書店：http://www.govbooks.com.tw
法律顧問　毛國樑　律師
總 經 銷　聯合發行股份有限公司
231新北市新店區寶橋路235巷6弄6號4F
電話：+886-2-2917-8022　傳真：+886-2-2915-6275

出版日期　2012年4月　BOD一版
定　　價　350元

國家圖書館出版品預行編目

了尾仔囝 / 陳長慶著. -- 一版. -- 臺北市：釀出版,
2012.04
面； 公分. --（釀文學 ; PG0740）
BOD版
ISBN 978-986-5976-07-1（平裝）

857.7 101003622

讀者回函卡

感謝您購買本書，為提升服務品質，請填妥以下資料，將讀者回函卡直接寄回或傳真本公司，收到您的寶貴意見後，我們會收藏記錄及檢討，謝謝！

如您需要了解本公司最新出版書目、購書優惠或企劃活動，歡迎您上網查詢或下載相關資料：http:// www.showwe.com.tw

您購買的書名：＿＿＿＿＿＿＿＿＿＿＿＿＿＿＿＿＿＿＿＿

出生日期：＿＿＿＿年＿＿＿＿月＿＿＿＿日

學歷：□高中（含）以下　□大專　□研究所（含）以上

職業：□製造業　□金融業　□資訊業　□軍警　□傳播業　□自由業

□服務業　□公務員　□教職　□學生　□家管　□其它＿＿＿

購書地點：□網路書店　□實體書店　□書展　□郵購　□贈閱　□其他

您從何得知本書的消息？

□網路書店　□實體書店　□網路搜尋　□電子報　□書訊　□雜誌

□傳播媒體　□親友推薦　□網站推薦　□部落格　□其他＿＿＿＿＿

您對本書的評價：（請填代號　1.非常滿意　2.滿意　3.尚可　4.再改進）

封面設計＿＿　版面編排＿＿　內容＿＿　文／譯筆＿＿　價格＿＿

讀完書後您覺得：

□很有收穫　□有收穫　□收穫不多　□沒收穫

對我們的建議：＿＿＿＿＿＿＿＿＿＿＿＿＿＿＿＿＿＿＿＿

＿＿＿＿＿＿＿＿＿＿＿＿＿＿＿＿＿＿＿＿＿＿＿＿＿＿

＿＿＿＿＿＿＿＿＿＿＿＿＿＿＿＿＿＿＿＿＿＿＿＿＿＿

＿＿＿＿＿＿＿＿＿＿＿＿＿＿＿＿＿＿＿＿＿＿＿＿＿＿

請貼
郵票

11466
台北市內湖區瑞光路 76 巷 65 號 1 樓
秀威資訊科技股份有限公司 收
BOD 數位出版事業部

（請沿線對折寄回，謝謝！）

姓　名：＿＿＿＿＿＿＿＿　年齡：＿＿＿＿　性別：□女　□男

郵遞區號：□□□□□

地　址：＿＿＿＿＿＿＿＿＿＿＿＿＿＿＿＿

聯絡電話：(日)＿＿＿＿＿＿＿＿＿＿(夜)＿＿＿＿＿＿＿＿＿＿

E-mail：＿＿＿＿＿＿＿＿＿＿＿＿＿＿＿＿